新闻出版总署优秀畅销书奖
全国优秀古籍图书普及读物奖
第十七届山西省优秀图书一等奖
第 二 届 山 西 出 版 政 府 奖
山西出版集团2008年度十种好书

全套藏书累计销售500万册

诸子百家卷

《诗经》《尚书》《礼记》《楚辞》《论语·大学·中庸》《孟子》
《老子》《庄子》《荀子》《韩非子》《孙子兵法·尉缭子·鬼谷子》
《墨子》《周易》《山海经》《吕氏春秋》《三十六计》

名家选集卷

《三曹诗集》　《陶渊明集》　《王勃集》　《王维集》　《孟浩然集》
《高适集》　　《岑参集》　　《李白集》　《杜甫集》　《白居易集》
《刘禹锡集》　《元稹集》　　《李商隐集》《李贺集》　《杜牧集》
《韩愈集》　　《柳宗元集》　《李煜集》　《欧阳修集》《王安石集》
《苏轼集》　　《黄庭坚集》　《柳永集》　《秦观集》　《周邦彦集》
《李清照集》　《辛弃疾集》　《陆游集》　《范成大集》《杨万里集》
《姜夔集》　　《文天祥集》　《元好问集》《唐寅集》　《张岱集》
《三袁集》　　《李贽集》　　《傅山集》　《纳兰性德集》《袁枚集》
《郑板桥集》　《龚自珍集》

史著选集卷

《左传》《国语》《战国策》《史记》《汉书》《后汉书》《三国志》
《资治通鉴》

综合选集卷

《唐诗三百首》《宋词三百首》《元曲三百首》《千家诗》《古文观止》
《汉魏六朝小赋骈文选》《唐宋八大家文选》《明清小品文选》

笔记杂著卷

《蒙学六种——三字经·百家姓·千字文·增广贤文·幼学琼林·格言联璧》
《颜氏家训·朱子家训》《世说新语》《金刚经·坛经·心经·地藏经》
《曾国藩家书》《菜根谭·小窗幽记·幽梦影》《浮生六记》《闲情偶寄》
《近思录》《徐霞客游记》《古代书信精选》

戏曲小说卷

《元杂剧精选》《西厢记》《牡丹亭》《长生殿》《桃花扇》《今古奇观》
《三国演义》《水浒传》《西游记》《红楼梦》《聊斋志异》《儒林外史》
《封神演义》《话本小说选》《文言小说选》

中国家庭基本藏书 诸子百家卷

楚辞

陈苏彬 译注

山西出版集团
三晋出版社

博学工作室

高文典籍
傳家瑰寶
藏用同功
永垂華藻

張領

· 著名考古学家、古文字学家张领先生为《中国家庭基本藏书》题词

前言

屈原（约前340—约前278），名平，字原，战国时楚人。其年轻时，曾辅佐楚怀王，任过左徒、三闾大夫等要职，很受信任。约在怀王后期，屈原受到过一次政治打击。楚怀王死于秦国后，楚顷襄王继位，屈原遭到贵族子兰等人的谗言，长期流放到今湖南境内的沅湘流域。后因楚郢都被秦兵攻破，屈原感到终不被重用，救国无望，乃绝望地投汨罗江而死，以殉其志。

楚辞是战国时楚国以屈原为主的诗人们创造的一种诗歌体裁。西汉时，刘向将屈原等人的诗歌结集，称为《楚辞》。屈原的诗歌作为楚辞的中坚，有《离骚》、《天问》、《九歌》、《九章》等，尚有《远游》、《卜居》、《招魂》等也传为屈原所作。其语言色彩斑斓，其结构回环往复，其想像丰富奇特，其抒情自由奔放，充分表现了屈原高洁不群的品格和奇诡卓越的诗才。可以说，屈原作为我国历史上第一位有名姓记载的诗人，他一登诗坛，立即放射出耀眼的光辉，有如太阳，永照后人，凡历史上有所成就的诗人，无不从屈原的诗歌里吸取丰富的营养。所以，屈原诗歌的崇高地位和重要价值，是如何描述都不过分的。然而，要想领略其瑰玮奇丽之处，还需读者诸君亲自品鉴。

本次注译，以朱熹的《楚辞集注》为底本，集中收入屈原和宋玉的作品，分段基本上仍依其旧，修改了其中明显的错字。

为方便读者使用，末附"《楚辞》名言警句"（正文中用着重号标出）、"《楚辞》主要版本"及"《楚辞》主要研究著作"。

译注者
2008 年 4 月

楚辞（代序）

王 瑶

在公元前四世纪，中国南部的楚国出现了一种新的文体，叫做"楚辞"。它的创始人就是屈原。自从屈原奠定了这种体制以后，模拟的人日见增多，其中最有名的是宋玉。汉朝刘向将屈原、宋玉以及他们的模拟者的作品，合编为《楚辞》一书；东汉王逸又给作了注，叫《楚辞章句》，是历来最流行的一种注本。所以"楚辞"这一名词包括有两种意义：一方面是以屈原为主要代表的战国时代在楚国出现的一种新兴的文体；一方面是包括屈原等好些作者的一部古代诗歌总集的书名。但无论就哪种意义论，楚辞中最主要的作者就是屈原；不只因为他是楚辞这一文体的开创者，他的作品最有价值，而且在《楚辞》这部书中也是他的作品最多。

楚辞这种文体是有它的特色的，相传楚辞的作品都是"书楚语，作楚声，记楚地，名楚物"的，地方色彩异常浓厚。作品有像沅、湘这些楚国的地名，兰芷、荃、蕙这些楚国的植物，都是很显见的。至于楚语，除了像句中的"兮"字、"些"字等用得很多以外，据郭沫若先生的考证，仅屈原作品中所使用的显然是属于楚国方言的辞，就有二十四例；而屈原的代表作《离骚》的题名"离骚"二字，也是楚国当时的方言（郭沫若《屈原研究》）。在这些特征当中，楚声是更其重要的；因为楚辞这种文体本来就是根据楚国方音而产生的一种歌唱形式，声调的因素在当时非常重要。汉高祖围攻项羽时，曾用"四面楚歌"的方法来动摇项羽的军心，可见"楚歌"对于楚地人民的吸引力量。楚国是战国时代的大国，居于江淮流域，土壤肥沃，物产丰富，生产力已经相当发达；生活在这种丰饶美丽的自然环境中的楚国人民，特别爱好音乐歌舞，这就给诗歌的发展提供了有利的条件。《楚辞》中的《九歌》就是屈原根据民间祭神的乐歌而加工改写的作品，其中有灵（巫）来扮演角色，载歌载舞；王国维认为这已经可说是后世戏剧的萌芽（见王国维《宋元戏曲史》），闻一多曾改写《九歌》为歌舞剧（见《闻一多全集》），都可以说明这种文体的特色。在楚辞中神话传说的运用，想像力的瑰奇丰富，都是很突出的。楚国的地方色彩，构成了楚辞这一文体的独特性。

　　拿《楚辞》来和《诗经》比较，那进展是非常显然的。《诗经》中的诗多以四字为定格，各章之间多复沓，篇章比较简短，风格比较朴素；但"楚辞"就不同了，《离骚》和《九章》基本上是六字句，《九歌》是以五言为主的长短句，形式上的变化很多。诗的篇章放大了，也很少用复沓的手法，而想象力的丰富、情感的激烈、内容的复杂、风格的绚丽，都与《诗经》中的作品有很显著的不同。一般地说，《诗经》还只是一种群众性的创作，民歌的色彩很浓厚；而《楚辞》中的主要作品则都已通过了诗人的艺术的集中与加工，是诗人吸取了民间文学的营养，而用自己的思想和艺术来创作的成果。

　　无论作为文体或诗歌总集的名称，《楚辞》这一名词永远是和屈原的名字分不开的。《离骚》是楚辞中的最重要的作品，因此后来也把"楚辞"称作"骚体"。我们现在讲的"楚辞"的一切特点，都是由屈原作品中找出来的。屈原是我国文学史上最早出现的最伟大的诗人，楚辞这一文体是由他所创造的一种可以扩大诗歌表现力的新的艺术形式。他运用这种新形式写了许多篇富有爱国主义精神的美丽的诗歌，一直到现在我们读了这些作品都还感到一种强烈的艺术力量。两千多年来，他的作品一直为人所诵，他的热爱祖国、热爱人民的精神也一直鼓舞着前进的人民，产生了极其深远的影响。

　　据郭沫若先生考证，屈原生于公元前三四〇年，死于公元前二七八年，活了六十二岁（见郭沫若《楚辞研究》）。他名平，字原，曾作过楚怀王的左徒。左徒是仅次于宰相"令尹"的官职，地位很重要。他很有学识，《史记》上说他"博闻强志，明于治乱，娴于辞令"，因此得到楚怀王的信任。但当时的楚国统治集团中却有一些人非常妒忌他的地位与才能，想法排挤他。楚怀王听了这些"党人"（反动贵族）的中伤，就把他免职了。自从他离职以后，楚怀王被那些党人所包围，政治便一天天地混乱下去了。战国时虽然号称七雄并峙，但韩、赵、魏三国国小力弱，燕国远居东北，与纷争的局面关系较远，而西北部的秦国兵力强盛，正积极实行对外扩张的政策，齐、楚都是春秋以来的旧强，楚国疆域最大，齐国最富。在这种实际上是秦楚争霸的局面中，就楚国的利益说，联齐抗秦是最好的办法。屈原有远大的政治抱负，他热爱楚国，因此他竭力主张改良政治，联齐抗秦。但他的正直的主张遭到了反动贵族们的反对，因此在楚国的败亡过程中便形成了他一生的悲剧。当时秦国为了便于并吞别国，自然要竭力设法拆散齐楚的联合，而楚国的统治集团竟一再受秦国的欺骗，终于连楚怀王自己也被秦国诱去做了俘虏，最后囚死在秦国。楚怀王的儿子顷襄王即位以后，比他父亲尤其昏庸，仍继续执行亲秦政策，爱国的屈原更遭受到迫害而被放逐到湖南的汨罗江边了。结果在顷襄王二十一年（公元前二七八年），秦派大兵击破了楚国的京城郢都，烧平了历代楚王的陵墓，楚国的君臣仓皇逃走，从此即不能再振。这时的屈原已经六十二岁。他看到自己的国家遭受到这样的境遇，悲愤的心情再也不能抑制了，他写了一篇《哀郢》，临死前又写了一篇《怀沙》，就在这年的五月初五日那一天，他投在汨罗江里自沉了。离开郢都的陷落还不到三个月，他的死实在是殉国难的。传说当时楚国人民痛惜这位伟大诗人的死亡，曾纷纷划船去救他，这就是后来端午节龙舟竞渡和吃粽子的风俗的来源。从这里也可以看出人民对他是多么的同情和崇敬！

在长期的失意和放逐中，他眼看着国家政治的昏暗与前途的隐忧，人民的痛苦与不幸的遭遇，他无法抑制自己的悲愤的感情，因此前前后后地写了好些辉煌的诗篇；这些诗篇大部分都是对当时政治的控诉与抗争，其中深切地表现出了他自己的、也是当时楚国人民的热烈的爱国情绪。

屈原的作品，据《汉书·艺文志》著录，共有二十五篇，现在大部都流传下来了。其中主要的是《离骚》、《九歌》、《天问》、《招魂》和《九章》中的一部分。《离骚》是屈原的代表作，共三百七十多句，二千四百六十多字，是中国文学史上空前的伟大长篇抒情诗。据近人考证，《离骚》的题意就是牢骚（游国恩《楚辞概论》）；内容主要是抒写悲愤的，作于顷襄王时屈原被放逐以后的晚年。《离骚》由他的出身、世系叙起，历述自己的品德才能、思想抱负、受迫害的遭遇以及想死的感情；又叙到想要逃遁远方，想像着到南方去见重华（舜），又想像着上天、求女，结果都不能如愿。他两次向灵巫求卜，都说远行大吉，于是决定要走，直往昆仑西海；正步步升向天堂，忽然向下望见楚国，于是仆夫流涕，马也悲鸣，他不忍离去了。最后的结语说（右附郭沫若先生译文，文中所附郭沫若先生译文，皆自《屈原赋今译》一书录出）：

已矣哉！	算了罢！
国无人，莫我知兮！	国里没有人，没有人把我理解，
又何怀乎故都？	我又何必一定要思念着乡关？
既莫足与为美政兮，	理想的政治既没有人可协商，
吾将从彭咸之所居。	我要死了去依就殷代的彭咸。

到最后，他是下定决心要以死来殉他的理想了。《离骚》中常常用回环反复的诗意来歌咏，前后的诗句间好像有重复矛盾的地方，这是因为他的感情根本是有矛盾的。他想远走，又舍不得离开楚国，但留在楚国又无所作为，于是最后就只能一死了；《离骚》一篇中是充满了诗人的矛盾的心情和悲剧情调的。战国时代的学者常常有到别国求仕的情形，如孟子的求仕于齐梁；所谓"朝秦暮楚"、"楚材晋用"等现象，在当时是很普通的。因此照当时的情势说，屈原是可以离开楚国的，像齐国就一定会欢迎他；但他是有政治理想与抱负的，他对理想的坚持和对祖国的深厚感情都不容许他随便离开，因此最后便只能以身殉国了。他的这种伟大精神就在中国的长期历史中培育了一种深厚的爱国主义的道德力量，也给中国文学的发展奠定了稳固的基础，后人读他的作品时就自然会对祖国发生一种特别亲切的感情。由于他热爱人民，又在长期的流放中接近了人民的生活，因此他对人民的遭遇非常关心。《离骚》上说："长太息以掩涕兮，哀民生之多艰！"他的政治理想和关于外交的主张也都是符合当时人民的利益的，因此在他的作品中所表现的感情，以及由他所创造的新的文学形式，都和人民有密切的联系。所以我们可以说，热爱祖国和热爱人民，是构成屈原诗篇的基本精神。

《九歌》本来是古代流传下来的一种歌曲的名称，屈原借用旧题，又汲取了民间乐歌的精华，一共写了十一篇诗，总题为《九歌》。因为这是根据民间祭祀乐曲来集中和加工写成的，富有神话的色彩和优美的想像，因此内容与《离骚》等篇的抒写悲愤忧思的篇章不同，风格清新典丽，写得异常生动和精炼。十一篇中首尾两篇《东皇太一》、《礼魂》是祭祀时的迎神曲和送神曲，内容是铺叙祭礼的仪式和过程的，写得庄严肃穆。其余九篇中各有专祀，"湘君"、"湘夫人"、"河伯"都是水神，"山鬼"是山神，"大司命"、"少司命"是星神，"东君"是日神，"云中君"是云神。除《国殇》一篇外，这些祭祀自然神的篇章大致都是用抒情的笔调或对话的形式来写一种爱恋和思慕的感情，以及悲欢离合的情绪的；这些神都是被作者人格化了的，其中常常写到人神之间的恋情，这大概是受到民间情歌的影响。《国殇》一篇是祀鬼的，祭的是战死的无名英雄；内容叙述战争的壮烈和歌颂死者的英勇，写得非常悲壮慷慨。《九歌》的文字风格很优美，可以说是一种清新美丽的抒情诗，像"嫋嫋兮秋风，洞庭波兮木叶下"、"悲莫悲兮生别离，乐莫乐兮新相知"这类名句，向来是为人所传诵爱好的。《九歌》的内容风格虽然和屈原的其他作品有所不同，但在遣词用意上也仍有其一脉相承的地方，例如爱写美人香草等特点。因此《九歌》也是屈原作品中的重要部分。

《天问》是屈原作品中比较奇特的一篇，形式用的是像《诗经》一样的四言句，内容全是问语的口气，一共提出了一百七十多个疑问。其中有对天体构造、古代历史传统、宗教信仰、神话传说、人生观念等各方面的问题。这里表现出了诗人想像力的丰富、对自然现象和历史发展的关心以及对传统信仰的怀疑精神。由于古史和古代神话的记载流传下来的不够多，这一篇诗我们现在还不能完全理解；但其中包括的史料有些已经得到了地下资料的印证，成为我们研究古代史的重要材料了。

《招魂》是屈原为追悼楚怀王而作。人死后，用一事实上的仪式来举行招魂，是楚国当时的一种风俗习惯。在《招魂》一篇中，自引言以后，即分上下东西南北六方面来叙述楚国以外各处的危险，让灵魂不要乱走；铺叙瑰奇，颇富神话意味。然后又叙述楚境以内的各种快乐，包括宫室居处的壮丽，饮食服御的精致，歌舞游戏的丰盛等，让灵魂顾返故居；最后乃对魂魄发出了"魂兮归来"的召唤的声音。在《招魂》中，他将人间与非人间的生活作了鲜明的对比；除现实生活以外，连天堂都写得十分险恶，表现出了作者的强烈的现实感。这篇文字是以铺叙描写为特点的，与屈原其他作品之以抒情为主者不同，对于后来辞赋的写法影响颇大。

《九章》中的九篇是汉朝人把屈原的单篇遗著辑合成功的，不是一时所作；"九章"的总题也是后人加的。其中《橘颂》一篇借橘的性质来颂扬了人的高洁刚强的品质，在《九章》各篇中比较特殊，大概是早年所作。其余各篇都是抒写一种失意以后的悲愤感情的，可与《离骚》并读。这里只说一下《哀郢》与《怀沙》。这两篇都写于屈原自沉之前不久。《哀郢》是哀悼楚国的郢都为秦人所破的，所叙沉痛悲郁，全是国破家亡之感。开始就说（右附郭沫若先生的译文）：

皇天之不纯命兮，	啊，老天爷真真是不守规范，
何百姓之震愆！	为什么把老百姓拼命摧残？
民离散而相失兮，	大家都家破人亡，妻离子散，
方仲春而东迁。	在这仲春二月向着东方逃难。

从这里可以看到他是如何地关念着在乱离中的人民！《怀沙》是屈原自沉前的最后作品。《史记》中说他"乃作《怀沙》之赋……于是怀石，乃自投汨罗以死"。屈原被放逐了许多年，但他终于没有自杀，一直到六十二岁的高年，竟用投水来结束了自己的生命，那种悲剧性的顶点的情绪，在《哀郢》与《怀沙》中表现得最为显明。《怀沙》的最后说："知死不可让（辞），愿勿爱兮！明告君子，吾将以为类兮！"（郭沫若先生译文："死就死吧，不可回避，我不想爱惜身体。光明磊落的先贤啊，你们是我的楷式！"）他实在是看到了国事的无可挽救，才镇静从容地以身殉难的。

从以上所述的这些屈原的主要作品中，我们可以显明地看出屈原是一位关心人民、热爱祖国的抱有正直的政治理想的诗人；这种理想在当时是符合人民的愿望的，但因为它不为楚国的统治集团所容，遂使他终于以生命来殉了他的理想和他所热爱的祖国。这样一位正直的有天才的伟大诗人竟得到了如此悲剧的结局，这就在历代人民的心目中不能不引起了对他的同情和崇敬。通过诗篇的艺术力量，他的这种热爱祖国的思想和悲愤沉痛的心情就更加强烈地感染了读者：从他一生的悲剧中看到不合理社会的残酷性，和得到了鼓舞人们为进步理想而斗争的精神。这种反映了当时现实、并鼓舞人去反抗不合理事物的精神，当然就是现实主义的精神。人民性与现实主义永远是不可分离的，屈原作品中的强烈的人民性和爱国主义精神与这些作品中的伟大的艺术特色也是紧密地联系在一起的。那种想像力的丰富、个性的鲜明、感情的诚挚、形式的多样、语言风格的绚烂、神话传说的运用——这些诗歌艺术上的创造性的特色都是使他的作品发生强烈的艺术力量的重要因素，同时也都是与他所要表现的思想情绪相一致的。这种思想性与艺术性的相结合的特征，正是屈原作品的伟大光彩的所在。

屈原死后，楚国继承屈原所创造的文体的作者有宋玉、唐勒、景差等。向来屈宋并称，宋玉是屈原以后最有名的作家。据《汉书·艺文志》著录，他有赋十六篇，但大部没有流传下来，现有的署名宋玉的作品有好些都是后人伪托的。《楚辞章句》中所收的他的《九辩》一篇，可以说是他的代表作品。从《九辩》中，知道他原是一位贫士，在政治上也是很失意的，《九辩》中因悲秋而生身世之感，语句清新，音调铿锵；从秋天萧瑟的气氛中来抒写自己的身世和遭遇的悲痛。在他的作品中遣词造语，以及内容中的不满当时统治者的情绪，都与屈原的作品有相似之处，可知屈宋之间的渊源关系是很密切的。《九辩》中所表现的悲愤感情不如屈原的作品深沉，但另有一种廓落缠绵的风格。《楚辞章句》中所收的作品除屈原宋玉的以外，还有好些汉朝人的模拟屈宋的作品。

南宋沈约在他所作的《宋书》中综述汉魏以来诗歌变迁的情况时，曾以"莫不同祖风骚"一句话来概括历代诗人们的渊源关系。这句话很有道理，那就是说中国古典文学中的诗歌传统，实际上就是"风、骚"的传统。"风"指《诗经》，"骚"指《楚辞》，由《诗经》、《楚辞》所开始的富有人民性与现实主义精神的诗歌传统，两千多年来一直是发生着深厚的历史影响的。就《楚辞》说，不只后来辞赋的发展是深受着它的影响，历代的著名诗人的成就也都是承继和发扬着这一传统的。李白说"屈原辞赋悬日月"，杜甫说"摇落深知宋玉悲"。从这些赞扬性的诗句中，我们也可以想像到楚辞在中国历史上所发生的深厚的影响。

（原载《文艺学习》1954年7月号）

王瑶（1914—1989），山西平遥人。清华大学研究院毕业，历任清华大学、北京大学教授。著有《中国新文学史稿》、《中古文学思想》、《中古文人生活》等大量著作，是古代文学界和现代文学界卓有建树的学者。

目录

诸子百家卷 楚辞·目录

前言 /001
楚辞（代序）（王瑶）/001

离骚（屈原）/001
九歌（屈原）/025
  东皇太一 /025
  云中君 /026
  湘君 /028
  湘夫人 /030
  大司命 /033
  少司命 /035
  东君 /037
  河伯 /038
  山鬼 /040
  国殇 /042
  礼魂 /043
九章（屈原）/044
  橘颂 /044
  惜诵 /046
  涉江 /052
  哀郢 /056
  惜往日 /060
  思美人 /065

抽思 /069
怀沙 /074
悲回风 /078
渔父（无名氏）/086
天问（屈原）/088

九辩（宋玉）/119

附录

《楚辞》名言警句 /136
《楚辞》主要版本 /139
《楚辞》主要研究著作 /139

◎ 离 骚

屈 原

题解

离骚，屈原的代表作，也是我国最早、最长的抒情诗。大约作于战国楚怀王十六年（前313）。当时作者正被楚怀王疏远，故作此诗抒发忠君报国反被谗害的忧愁激愤之情。离骚，牢骚之意，或作别愁解。

原诗

帝高阳之苗裔兮①，朕皇考曰伯庸②。
摄提贞于孟陬兮③，惟庚寅吾以降。

皇览揆余初度兮④，肇锡余以嘉名⑤。
名余曰正则兮，字余曰灵均。

纷吾既有此内美兮⑥，又重之以修能⑦。
扈江离与辟芷兮⑧，纫秋兰以为佩⑨。

汩余若将不及兮⑩，恐年岁之不吾与⑪。
朝搴阰之木兰兮⑫，夕揽洲之宿莽⑬。

日月忽其不淹兮⑭，春与秋其代序。
惟草木之零落兮，恐美人之迟暮⑮。

不抚壮而弃秽兮⑯，何不改乎此度？
乘骐骥以驰骋兮⑰，来吾道夫先路！

①帝高阳：传说为古代帝王颛顼（zhuān xū）在位时的称号。　苗裔：后代。
②朕（zhèn）：我。先秦时，"朕"不是皇帝的专称。　皇考：对亡父的尊称。

③摄提：寅年的别称。　　贞：正值。　孟：开端。　陬(zōu)：夏历正月，又值寅月。
④揆：察。　初度：初生的相貌，气度。
⑤肇：始。　锡：同"赐"。
⑥纷：丰富、繁多。在此为修饰语前置。　　内美：内在的，天生的美质。
⑦修能：修养才能。指后天培养才质。
⑧扈：披在身上。江离：香草名，今名川芎。以下凡植物名多为香草，无特殊含义者不再出注。
⑨纫：穿串的动作。
⑩汩(gǔ)：在此指时光流逝。
⑪不吾与："不与吾"的倒装语。
⑫搴：拔取。　阰(pí)：大土坡。
⑬宿莽：经冬不死的香草。
⑭淹：留、止。
⑮美人：在此代指楚怀王。《离骚》中多次提到美女，都有具体所指。
⑯抚：凭借，乘着……机会。
⑰骐骥：骏马。比喻贤臣。

　　我本是古帝高阳的后代，已故的父亲号为伯庸。
　　就在寅年的正月，我出生的那一天又值庚寅。

　　先父测度了我吉利的生辰，赐给我如下美名：
　　起名叫正则，命字叫灵均。

　　我既有如此众多的美质，又在外部努力修为。
　　全身披了江离和薜芷，再挂上成串的秋兰作为饰佩。

　　时光荏苒我惟恐失去，只恨年岁不再延长。
　　早上摘采土坡的木兰，傍晚再揽回沙洲的宿莽。

　　时光流逝不稍停留，春夏秋冬交换着顺序。
　　担忧香草经冬而凋谢，恐怕心中的美人已届衰暮。

　　好乘壮年及时修正错误，您为何不改已错的法度！
　　愿您骑快马飞奔吧，来，我在前为您引路！

昔三后之纯粹兮①，固众芳之所在②。

杂申椒与菌桂兮，岂惟纫夫蕙茝③？

彼尧舜之耿介兮，既遵道而得路④。
何桀纣之猖披兮⑤，夫惟捷径以窘步⑥。

惟党人之偷乐兮⑦，路幽昧以险隘。
岂余身之惮殃兮，恐皇舆之败绩⑧。

忽奔走以先后兮⑨，及前王之踵武⑩。
荃不揆余之中情兮⑪，反信谗而齌怒⑫。

余固知謇謇之为患兮⑬，忍而不能舍也。
指九天以为正兮⑭，夫惟灵修之故也⑮！

曰黄昏以为期兮，羌中道而改路⑯。

初既与余成言兮⑰，后悔遁而有他。
余既不难夫离别兮，伤灵修之数化⑱。

①三后：楚国的先君熊绎、若敖、蚡冒。　纯粹：德行纯真完全。
②众芳：比喻众多的贤能臣子。
③茝（zhǐ）：香草名，今称白芷。
④遵道：遵循正道。
⑤猖披：本义为不穿衣带，引申为猖狂邪乱。
⑥夫：指桀纣。　捷径：斜路，此指不正当的途径。　窘步：步履艰难。
⑦党人：指楚国朝中结党营私的小人。　偷乐：苟且享乐。
⑧皇舆：国王的车驾，在此代指楚王朝。　败绩：失败。在此引申为倾覆。
⑨忽：迅疾的样子。　先后：指楚怀王的前后。
⑩踵武：足迹。
⑪荃（quán）：香草名，在此代指楚怀王。
⑫齌（jì）怒：盛怒。
⑬謇謇（jiǎn）：忠贞的样子。
⑭正：同"证"。
⑮灵修：神明。此指楚怀王。

⑯羌（qiāng）：句首语气词。
⑰成言：约定之言。
⑱数（shuò）化：屡次更改主张。

译意

三王的德行何其完美，因此有众多的贤臣拥护他们。
就似交杂了申椒和菌桂，不仅是将蕙芷佩带在身。

尧舜二帝多么耿直啊，他的大臣方能沿大道前进；
桀纣多么狂邪啊，只想走邪道而寸步难行。

当今的党人苟且偷乐，国家前途幽险不明。
岂是我害怕祸患加身？只是替皇舆的前途忧心。

我匆匆奔走在车驾的前后，紧紧步着国君的后尘。
可惜那荃草不明我心，反信谗言大怒冲冲。

我本知忠贞必然养患，有意出走却于心不忍。
手指高天替我作证吧，如此忠贞只为楚王的缘故！

说好了黄昏相会，不料半路上改道他行。
起初已与我相约为期，随后即悔变逃遁。
我本不难别离此地，只是他数次变化令我伤心。

原诗

余既滋兰之九畹兮①，又树蕙之百亩。
畦留夷与揭车兮②，杂杜衡与芳芷。

冀枝叶之峻茂兮，愿竢时乎吾将刈③。
虽萎绝其亦何伤兮，哀众芳之芜秽。

众皆竞进以贪婪兮，凭不厌乎求索④。
羌内恕己以量人兮，各兴心而嫉妒。

忽驰骛以追逐兮，非余心之所急。
老冉冉其将至兮⑤，恐修名之不立。

朝饮木兰之坠露兮，夕餐秋菊之落英⑥。
苟余情其信姱以练要兮⑦，长顑颔亦何伤⑧。

揽木根以结茝兮⑨，贯薜荔之落蕊。
矫菌桂以纫蕙兮⑩，索胡绳之纚纚⑪。

謇吾法夫前修兮⑫，非世俗之所服。
虽不周于今之人兮⑬，愿依彭咸之遗则⑭。

①滋：在此为栽种、培养之意。 九畹（wǎn）：很多亩。畹，三十亩。
②畦（qí）：五十亩。在此作动词，为治地成畦之意。
③俟（sì）：同"俟"，等待。 刈：收割。指有所收获。
④凭：已满。
⑤冉冉：渐渐。
⑥落英：初生的花瓣。
⑦姱（kuā）：美好。 练要：精诚而坚定。
⑧顑颔（kǎn hàn）：饿得面黄饥瘦的样子。
⑨木根：未详所指，一说为木兰之根。
⑩矫：举起。
⑪索：绳子。在此作动词，搓绳。 纚纚（xǐ）：联缀不断的样子。
⑫謇（jiǎn）：在此为句首发语词。
⑬周：符合。
⑭彭咸：相传为殷代贤大夫，谏其君不听，乃投水而死。 遗则：留下的榜样。

我既已种好兰花九畹，又栽培了蕙草百亩。
田园里既有留夷与揭车，又杂种了杜衡和芳芷。

本希望她们枝高叶茂，更愿将来按时收取。
虽然枯死岂用感伤，只叹其遭受芜秽。

众人争进而贪婪不足，虽已如愿仍在索求。
宽恕自己而苛求他人，各自心生嫉妒。

急匆匆驰骋追逐名利,我却不愿与其争竞。
衰老渐渐就要到来,惟恐不立美好之名。

晨饮木兰的坠露,晚餐秋菊的嫩英。
假如我的内心美好而坚定,饿得面黄饥瘦也自甘心。

揽取木兰之根联缀了芷草,再贯穿薜荔香草的花蕊。
手举着菌桂串起蕙草,再搓好胡绳联缀下垂。

我忠诚效法前贤之行,这些并非世俗惯用。
虽不被今人容忍,宁效彭咸而死也不改初衷。

原诗

长太息以掩涕兮,哀民生之多艰①!
余虽好修姱以鞿羁兮②,謇朝谇而夕替③。

既替余以蕙纕兮④,又申之以揽茝⑤。
亦余心之所善兮,虽九死其犹未悔。

怨灵修之浩荡兮⑥,终不察夫民心。
众女嫉余之蛾眉兮⑦,谣诼谓余以善淫。

固时俗之工巧兮⑧,偭规矩而改错⑨。
背绳墨以追曲兮⑩,竞周容以为度⑪。

忳郁邑余侘傺兮⑫,吾独穷困乎此时也。
宁溘死以流亡兮⑬,余不忍为此态也!

鸷鸟之不群兮⑭,自前世而固然。
何方圜之能周兮⑮,夫孰异道而相安?

屈心而抑志兮,忍尤而攘诟⑯。
伏清白以死直兮⑰,固前圣之所厚。

悔相道之不察兮⑱，延伫乎吾将反⑲。
回朕车以复路兮⑳，及行迷之未远。

① 民生：人生。
② 羁：马缰绳和马笼头。在此借喻为约束之意。
③ 谇（suì）：进谏。在此指进谗言。　替：废。在此指被贬谪。
④ 蕙纕（xiāng）：装有蕙草的香囊。
⑤ 申：加上。
⑥ 灵修：指楚怀王。　浩荡：水盛大之意。在此喻楚怀王糊涂得厉害。
⑦ 众女：比喻在楚怀王身边向屈原进谗言的小人。
⑧ 工巧：善于投机取巧。
⑨ 偭（miǎn）：背弃。　错：同"措"，措置，处分。
⑩ 绳墨：木工用以取直线的工具。在此代指法度。
⑪ 周容：以苟合取容于人。
⑫ 忳（tún）：烦闷。　郁邑：滞结了忧念。　侘傺（chà chì）：郁郁不得志的样子。
⑬ 溘（kè）：忽然。　流亡：顺水而逝。
⑭ 鸷（zhì）鸟：一种刚烈而不合群的鸟。此为屈原自喻。
⑮ 圜：同"圆"。　周：周全配合。
⑯ 尤：责备。　攘：取。　诟：辱。
⑰ 伏：同"服"，保持。　死直：因正直而死。
⑱ 相道：辅佐大道。指以治国的大道理辅佐楚怀王。
⑲ 延伫（zhù）：伸长脖子踮起脚尖远看。
⑳ 复路：走回头路。

我长长地叹息啊掩拭涕泪，哀叹人生多么艰苦！
虽然加强修养自我约束，早晨受谗言晚上即被放逐。

既诋毁我佩带蕙兰香囊，又诽谤我收揽芳芷。
这确是我本心所爱好，即使去死也不改悔。

报怨君王你太过糊涂，终究不体察我的苦心。
丑女们嫉妒我美丽的蛾眉，造谣诬陷我善于献淫。

实在是世俗工于机巧，弃置常理而追逐名利。
背弃正直而取纳邪曲，竞相苟合成为常理。

滞结忧郁不遂初心,为何茕茕然困于此时?
宁可速死而顺流漂逝,实在不忍苟活此世!

鸷鸟高傲孤飞不群,自是前世本性所定。
方和圆怎能苟合,志道不同哪可相容?

委屈心灵压抑了志向,忍受责备和耻辱。
坚守清白为正直之道而死,本来为前圣所嘉许。

深悔对前君辅佐不明,再三审视后我决定返回旧途。
回转我的车驾归于原路,趁迷失尚不甚远早早悔悟。

原诗

步余马于兰皋兮①,驰椒丘且焉止息②。
进不入以离尤兮③,退将复修吾初服④。

制芰荷以为衣兮⑤,集芙蓉以为裳。
不吾知其亦已兮,苟余情其信芳。

高余冠之岌岌兮⑥,长余佩之陆离⑦。
芳与泽其杂糅兮,唯昭质其犹未亏⑧。

忽反顾以游目兮⑨,将往观乎四荒⑩。
佩缤纷其繁饰兮,芳菲菲其弥章⑪。

民生各有所乐兮,余独好修以为常。
虽体解吾犹未变兮,岂余心之可惩⑫!

注释

①兰皋:生有兰草的水边陆地。
②椒丘:有椒树的小山。 焉:在此意为"在那里"。
③离尤:遭受责备,获罪。
④初服:以前穿的衣服。比喻原来的志向。
⑤芰(jì):菱。一种水生植物。
⑥岌岌(jí):高峻的样子。

⑦陆离：美好分散状。
⑧昭质：光洁美好的品质。　其：语气词，用以缓和语气。
⑨游目：极目纵观。
⑩四荒：四方边远之地。
⑪菲菲：香气浓烈的样子。　弥章：更加显著。章，同"彰"。
⑫惩：怨恨。

将马儿放养在兰皋，然后驰骋椒丘止息。
进谏不纳反受指责，我只好退而重修当初的服饰。

用芰荷作为上衣，集芙蓉以为裙裳。
不了解我也就罢了，只要我的内情芬芳。

将我的花冠戴得高高，把我的兰佩打扮得光彩陆离。
芳香与光泽杂处一体，高洁的品质尚未损亏。

忽然回首极目远视，心想观看遥远的地方。
我的佩饰多么繁华啊，芳香浓烈更加显著。

人生一世各有所好，我只爱好修饰犹如寻常。
虽然身死而不可变更，我的内心决不怨恨。

女嬃之婵媛兮①，申申其詈予②。
曰："鲧婞直以亡身兮③，终然殀乎羽之野④。

汝何博謇而好修兮⑤，纷独有此姱节？
薋菉葹以盈室兮⑥，判独离而不服？

众不可户说兮，孰云察余之中情？
世并举而好朋兮，夫何茕独而不予听？"

依前圣以节中兮⑦，喟凭心而历兹⑧。

济沅、湘以南征兮⑨，就重华而陈词⑩：

"启《九辩》与《九歌》兮⑪，夏康娱以自纵⑫。
不顾难以图后兮，五子用失乎家巷⑬。

羿淫游以佚畋兮⑭，又好射夫封狐⑮。
固乱流其鲜终兮⑯，浞又贪夫厥家⑰。

浇身被服强圉兮⑱，纵欲而不忍。
日康娱而自忘兮，厥首用夫颠陨⑲。

夏桀之常违兮⑳，乃遂焉而逢殃㉑。
后辛之菹醢兮㉒，殷宗用而不长㉓。

汤禹俨而祗敬兮㉔，周论道而莫差㉕。
举贤才而授能兮，循绳墨而不颇㉖。"

皇天无私阿兮㉗，览民德焉错辅㉘。
夫维圣哲之茂行兮，苟得用此下土㉙。

瞻前而顾后兮，相观民之计极㉚。
夫孰非义而可用兮，孰非善而可服？

阽余身而危死兮㉛，览余初其犹未悔。
不量凿而正枘兮㉜，固前修以菹醢。

① 女媭(xū)：可能是屈原的姐姐。媭，楚人对姊的称谓。　婵媛(chán yuán)：喘息状。在此指眷恋。
② 申申：一再地。　詈(lì)：责备。　其：在此为表缓和语气的语气词。
③ 鲧(gǔn)：即"鲧"，禹的父亲。相传他偷了天帝的息壤治洪水，被天帝治罪，杀死在羽山之郊。婞(xìng)直：秉性刚直。
④ 殀(yāo)：死。　羽：羽山。所在不详，一说在东海之中。

⑤博謇：过分忠贞。
⑥薋（cí）：积草繁多的样子。 菉葹（lù shī）：恶草名，比喻谗邪之臣。
⑦节中：度量内心情感、志向。
⑧凭心：愤懑的心情。
⑨沅、湘：今湖南境内的两大河流。
⑩重华：帝舜。相传舜南巡，死在苍梧之野（今湖南境内）。
⑪启：禹之子，继禹为君，建夏朝。 九辩、九歌：相传为天帝的乐章，被启偷来在人间演奏。
⑫夏：即夏启。
⑬五子：名五观。启的幼子，因不满启而作乱。 用失乎：因而。"失"一说是衍文。 家巷：内乱。"巷"同"哄"。
⑭羿（yì）：夏代有穷国君主。 畋（tián）：打猎。
⑮封狐：大狐。
⑯乱流：指后羿等荒淫作乱之流。
⑰浞（zhuó）：寒浞。羿的相。 厥家：羿的家室，指羿的妻子。厥，那。
⑱浇：同"奡"（ào），寒浞之子。他先杀死夏后相，又在内乱中被相的儿子少康杀死。 强圉（yǔ）：厚甲。
⑲用夫：因此、因而。
⑳夏桀：夏代最后一位君主，以残暴著称。 常违：指夏桀违常理，行暴政。
㉑乃遂焉：于是这样地。
㉒后辛：即殷纣王。 菹醢（zū hǎi）：肉酱。传说纣王将其臣梅伯做成了肉酱。
㉓殷宗：殷商的宗祀，代指商代的命运。
㉔汤禹：商代和夏代的开创者。 俨：畏。 祗（zhī）：恭敬。
㉕周：指周代的开创者周文王、周武王。
㉖颇：偏差。
㉗私阿（ē）：偏袒。
㉘错：同"措"，措置。
㉙苟：才。 下土：天下广大的疆土。
㉚计极：终极。 危死：濒临死亡。
㉛阽（diàn）：接近危险。
㉜凿：斧上插柄的孔。 枘（ruì）：斧柄。

女媭气喘吁吁，将我反复斥责。
说："鲧刚直因而亡身，被杀死在羽山之野。

你为何如此忠直修善，独自拥有纷繁美好的节操？
满室集聚众多恶草，为何你独自不服？

俗人不可一家家劝说，谁说能察明我的衷情？
举世都爱好朋比为奸，你为何孤傲不把我的话听？"

我度量前圣的准则，忧愤慨叹苟活到此时。
南渡过沅湘二水，在舜帝的陵前陈述言辞：

"启偷窃了《九辩》与《九歌》，在人间自娱放纵。
不顾危难防止后患，因此造成五子内哄。

后羿淫乐而放荡，又好射猎大狐。
本来荒淫之辈难得善终，寒浞又贪图他的妻室。

浇凭着厚厚的铠甲，因此他放纵而不忍。
每日娱乐而忘形，终于被少康取走首级。

夏桀处事违反常规，于是他遭受灾殃。
商纣王将梅伯做成肉酱，殷的命运因而不得久长。

商汤夏禹敬畏天意，周初的圣王们遵循大道而行。
举荐贤臣授权能人，遵守规矩没有偏颇。

皇天本无偏私之心，凭统治君王的德行而决定辅佐。
只有圣哲才有峻茂的德行，方才配得上统治天下之土。

先贤们处事瞻前而顾后，用以观察治理人世的策略。
谁人不义可用民心？哪个君王不善而使天下称臣？

我的身体虽临近死亡，回思初衷仍不后悔。
前贤们不自量力而直谏，因此才被暴君杀死。"

原诗

曾歔欷余郁邑兮①，哀朕时之不当。
揽茹蕙以掩涕兮②，沾余襟之浪浪③。

跪敷衽以陈辞兮④，耿吾既得此中正。
驷玉虬以乘鹥兮⑤，溘埃风余上征⑥。

朝发轫于苍梧兮⑦,夕余至乎悬圃⑧。
欲少留此灵琐兮⑨,日忽忽其将暮⑩。

吾令羲和弭节兮⑪,望崦嵫而勿迫⑫。
路曼曼其修远兮⑬,吾将上下而求索。

饮余马于咸池兮⑭,总余辔乎扶桑⑮。
折若木以拂日兮⑯,聊逍遥以相羊⑰。

前望舒使先驱兮⑱,后飞廉使奔属⑲。
鸾皇为余先戒兮⑳,雷师告余以未具㉑。

吾令凤鸟飞腾兮,继之以日夜。
飘风屯其相离兮㉒,帅云霓而来御㉓。

纷总总其离合兮㉔,斑陆离其上下。
吾令帝阍开关兮㉕,倚阊阖而望予㉖。

时暧暧其将罢兮㉗,结幽兰而延伫。
世溷浊而不分兮㉘,好蔽美而嫉妒。

朝吾将济于白水兮㉙,登阆风而绁马㉚。
忽反顾以流涕兮,哀高丘之无女㉛。

①曾:同"增"。累次。　歔欷(xū xī):哀泣的声音。
②茹蕙:柔软的蕙兰。
③浪浪(láng):形容泪流不止。
④跪敷衽:下跪的礼节之一。即跪在地上,把衣服的前襟铺开。
⑤玉虬(qiú):无角的白龙。　鹥(yī):凤凰类,身有五彩。这里似指饰有鹥的车。
⑥溘(kè):忽然。
⑦轫(rèn):止住车轮的木垫。　苍梧:地名。位于今湖南宁远东南部。相传舜死在苍梧。
⑧悬圃:神话中的山名。在昆仑山中部。
⑨灵琐:神仙所居的宫门。琐,门上刻的花纹,在此代指门。

⑩忽忽：同"匆匆"，形容日光急速流逝。
⑪羲和：相传是给太阳驾车的神。 弭节：停车。节，马鞭。
⑫崦嵫（yān zī）：神话中山名，太阳落的地方。
⑬曼曼：同"漫漫"，长远的样子。
⑭咸池：神话中地名，日落时在此沐浴。
⑮总：拴。 辔（pèi）：马缰绳。 扶桑：神话中日出之处，传说扶桑是神树。
⑯若木：神话中的树名，日落其下。
⑰逍遥：徘徊不前的样子。 相羊：同"徜徉"，徘徊。
⑱望舒：为月亮驾车的神。
⑲飞廉：风神。 奔属：紧跟着奔跑。属，连缀。
⑳鸾皇：凤一类的鸟。
㉑雷师：雷神，名叫丰隆。
㉒飘风：旋风。 屯：聚集。 离：同"丽"，附着。
㉓云霓：彩虹的外圈。 御：同"讶"，迎接。
㉔总总：聚集的样子。
㉕帝阍（hūn）：给天帝守门的神。阍，守门人。
㉖阊阖：天门。
㉗暧暧：傍晚昏暗的样子。 罢：尽。
㉘溷（hùn）浊：浑浊。
㉙白水：水名。传说源于昆仑山，是黄河之源。
㉚阆（làng）风：神山名。在昆仑山上。 緤（xiè）：系，拴。
㉛高丘：山名。一说在阆风山上。 女：神女。一说为巫山神女。

我涕泣不断心中抑郁，暗自哀痛生不逢时。
拔取柔韧的蕙草拭泪，泣下沾襟涟涟不止。

恭敬地向帝舜跪述言辞，自幸得到中正之理。
四龙驾起华丽的鸾车，忽然间乘着风尘上天远征。

早晨在苍梧启轫始行，傍晚我已到悬圃山中。
心想在此叩宫暂留，太阳西垂时至黄昏。

我令羲和停车歇脚，远望崦嵫再勿迫近。
长路漫漫多么遥远，我将天上地下继续追寻。

在日落的咸池饮马休息，在日出的扶桑拴住缰绳。

折下若木拭拂太阳,聊且逍遥按捺悲情。

前面使望舒驾月驰驱,后面使飞廉御风跟踪。
鸾凰在前为我警戒,雷师却告我行装不全。

我令凤鸟御风飞腾,夜以继日不停前行。
旋风集聚不停打转,率领云彩前来欢迎。

祥云滚滚离合聚散,斑驳陆离上下涌动。
我令守关之神快快开门,他却斜倚门框把我打量。

时光昏暗日头将落,手握幽兰在外徜徉。
世俗浑浊美丑不分,掩蔽美好产生妒心。

早晨我将横渡白水,期望登上阆风系马止程。
忽然间回望家乡流涕不止,哀叹昆仑山顶也无美人。

原诗

溘吾游此春宫兮①,折琼枝以继佩。
及荣华之未落兮,相下女之可诒②。

吾令丰隆乘云兮,求宓妃之所在③。
解佩纕以结言兮,吾令蹇修以为理④。

纷总总其离合兮⑤,忽纬𬘘其难迁⑥。
夕归次于穷石兮⑦,朝濯发乎洧盘⑧。

保厥美以骄傲兮⑨,日康娱以淫游。
虽信美而无礼兮,来违弃而改求!

览相观于四极兮,周流乎天余乃下。
望瑶台之偃蹇兮⑩,见有娀之佚女⑪。

吾令鸩为媒兮⑫,鸩告余以不好。

雄鸠之鸣逝兮⑬，余犹恶其佻巧。

心犹豫而狐疑兮，欲自适而不可⑭。
凤皇既受诒兮，恐高辛之先我⑮。

欲远集而无所止兮⑯，聊浮游以逍遥⑰。
及少康之未家兮⑱，留有虞之二姚⑲。

理弱而媒拙兮，恐导言之不固⑳。
世溷浊而嫉贤兮，好蔽美而称恶。

闺中既以邃远兮㉑，哲王又不寤㉒。
怀朕情而不发兮，余焉能忍而与此终古㉓！

①春宫：东方青帝居住的地方。
②下女：在此指宓妃、简狄、有虞氏之二女等，因对帝宫高丘而言，称她们为下女。　诒：同"贻"，赠送。
③宓（fú）妃：伏牺氏之女，溺水而死，为洛水之神。
④蹇修：传说是伏牺氏之臣。　理：媒人。
⑤纷总总：形容宓妃侍从之盛。
⑥纬繣（huà）：乖戾、违拗。形容宓妃不愿相从。
⑦次：驻扎。　穷石：山名。相传羿曾迁住于此。
⑧洧盘：神话中的水名，发源于崦嵫山。
⑨保：恃。
⑩瑶台：美玉砌成的高台，相传为西王母所居地。　偃蹇：高峻的样子。
⑪有娀（sōng）：古国名。　佚女：美女。在此指帝喾（kù）之妃简狄，她是商的先祖契的母亲。
⑫鸩：毒鸟。比喻坏人。
⑬雄鸠：一种似鹊的小鸟，喜欢歌唱。
⑭适：去。指亲自去找美女。
⑮高辛：即帝喾。
⑯集：就。指到别处寻求归宿。
⑰浮游：飘荡。
⑱少康：中兴夏代的君主。　家：用作动词，成家。
⑲有虞：国名，姓姚，是舜的后代。　二姚：有虞国的两个公主。
⑳导言：媒人传达的语言。　不固：无效。
㉑闺中：古代女子居住之处，代指作者所追寻的美女。

㉒哲王：明智的君主，暗指楚怀王。　寤（wù）：睡醒，醒悟。
㉓终古：永远。

【诗意】

我匆匆游览了春宫，折琼树之枝弥续佩饰。
乘琼花尚未凋落，寻找可赠此花的侍女。

于是令雷神丰隆乘云而去，探寻宓妃的居处。
解下香囊用以交好，又令蹇修前往说合。

宓妃的侍女如云聚集，转眼间违拗了媒理之言。
暮色中归宿在穷石之国，次晨又洗濯在洧盘之源。

宓妃恃其美质而骄傲，日日娱乐四处冶游。
虽然很美却无礼数，背离她吧，到别处追求！

我观览了四面八方，周游了上天才降到人间。
远望瑶台多么高峻，只见有娀氏之女。

我令鸩去作媒，鸩回告我说女子不好。
雄鸠鸣叫着要去做媒理，我却嫌其轻佻。

心内犹豫不决，想亲自上门又觉不妥。
凤凰既受高辛氏之托，担心他先我去游说。

意欲远去又无所居，只有暂且徘徊逍遥。
乘少康尚未成家，有心留下有虞国君的二女。

可惜媒妁言辞笨拙，恐怕他传言无效。
世俗浑浊嫉贤妒能，专好称颂丑恶掩蔽美好。

闺中美人已深不可求，明智的君王偏偏不曾醒悟。
内心郁积不便抒发，怎能与世俗长久为伍！

索藑茅以筳篿兮①，命灵氛为余占之②。
曰："两美其必合兮，孰信修而慕之？

思九州之博大兮③，岂唯是其有女？"
曰："勉远逝而无狐疑兮④，孰求美而释女⑤？
何所独无芳草兮，尔何怀乎故宇？"
世幽昧以眩曜兮⑥，孰云察余之善恶？

民好恶其不同兮，惟此党人其独异。
户服艾以盈要兮⑦，谓幽兰其不可佩。

览察草木其犹未得兮⑧，岂珵美之能当⑨？
苏粪壤以充帏兮⑩，谓申椒其不芳。

欲从灵氛之吉占兮，心犹豫而狐疑。
巫咸将夕降兮⑪，怀椒糈而要之⑫。

百神翳其备降兮⑬，九疑缤其并迎⑭。
皇剡剡其扬灵兮⑮，告余以吉故⑯。

曰："勉升降以上下兮，求矩矱之所同⑰。
汤禹俨而求合兮⑱，挚、咎繇而能调⑲。

苟中情其好修兮，又何必用夫行媒？
说操筑于傅岩兮⑳，武丁用而不疑㉑。

吕望之鼓刀兮㉒，遭周文而得举。
宁戚之讴歌兮㉓，齐桓闻以该辅㉔。"

①藑(qióng)茅：一种用以占卜的灵草。 筳篿(tíng zhuān)：指结草或折竹的占卜方式。
②灵氛：神巫名。
③九州：古代将天下分为冀、青等九州，说法不一。
④远逝：远行。
⑤女：同"汝"，你。在此指屈原。
⑥眩曜：眼光迷乱。
⑦要：通"腰"。

⑧得：得当。
⑨瑶美：像瑶玉之美。
⑩苏：取。　茷：佩囊，一说为茷帐。
⑪巫咸：传说为殷代神巫。
⑫椒糈（xǔ）：香料和精米。　要：同"邀"，邀请。
⑬翳（yì）：遮蔽。
⑭九疑：即苍梧山。在此指九疑山之神。　迎：当作"迓"（yà），与下文"故"押韵。
⑮皇：辉煌光大。　剡剡（yǎn）：光焰四射状。
⑯吉故：好的故事。在此指前代君臣协调的佳话。
⑰矩矱（jǔ yuē）：划方形和量长短的工具。在此引申为政治主张。　同：似应为"周"，与下文"调"押韵。
⑱俨：真心实意。
⑲挚、咎繇（yáo）：汤臣伊尹和禹臣皋陶（gāo yáo）。
⑳说（yuè）：傅说，商君武丁之相。相传他早先从事版筑（筑墙）劳役，武丁发现并重用他。　傅岩：地名，在今山西平陆县境内。
㉑武丁：殷高宗的名字。相传他梦里得到贤臣，后发现傅说与梦中贤臣相貌一样，就拜他为相。
㉒吕望：即姜尚。相传他早年在商都朝歌（今属河南）做屠夫，怀才不遇，常敲着屠刀唱歌，后被周文王重用。
㉓宁戚：春秋时卫国人。相传他在夜里喂牛时唱歌，辞意不凡，被齐桓公听见，就举荐他做卿。
㉔齐桓：齐桓公小白，春秋五霸之首。　该辅：居辅佐大臣的位置。该，备。

　　寻来灵草用以占卜，命令灵氛为我预测。
　　卦辞说："两种美质必然遇合，谁真正美好而无人羡慕？
　　那九州何其广大，只是这里有你追慕的美女？"

　　又说："勉力而去吧不要犹豫，爱才的君王哪会弃你不顾？
　　哪里又无香草，为何总是挂念着家国故土？"
　　世道幽暗而眼光迷乱，谁可察知我的美善？

　　人们的好恶各不相同，惟有这些党人独特怪异。
　　家家缠绕满腰的艾草，却说幽兰不可佩。

　　连草木都难以识别，哪里能知道瑾玉的价值？
　　就似取了粪土填充香囊，却说申地的椒实不芳。

　　我想服从灵氛的吉占，心内又犹豫怀疑。
　　巫咸将在傍晚降临，又怀揣着椒和糈求之。

众神纷纷自天而下,九疑之神齐往迎接。
神灵闪闪发光纷纷,忠告我吉祥的原故。

说:"努力上下探索吧!去寻求政见相同的明君。
汤和禹真心寻求合心的贤才,挚、咎繇君臣多么协调。

假如你真正爱好美德,又何必用那些媒理?
傅说当年在傅岩筑墙,武丁照样用而不疑。

吕望在屠市上击刀而歌,遇到文王得以重用。
宁戚夜半讴歌抒情,齐桓公就荐他做辅佐大臣。"

原诗

及年岁之未晏兮①,时亦犹其未央②。
恐鹈鴂之先鸣兮③,使夫百草为之不芳。

何琼佩之偃蹇兮,众薆然而蔽之④。
惟此党人之不谅兮,恐嫉妒而折之。

时缤纷其变易兮,又何可以淹留⑤!
兰芷变而不芳兮,荃蕙化而为茅。

何昔日之芳草兮,今直为此萧艾也⑥!
岂其有他故兮,莫好修之害也。

余以兰为可恃兮,羌无实而容长⑦。
委厥美以从俗兮,苟得列乎众芳。

椒专佞以慢慆兮⑧,樧又欲充夫佩帏⑨。
既干进而务入兮⑩,又何芳之能祗⑪?

固时俗之流从兮,又孰能无变化?
览椒兰其若兹兮,又况揭车与江离!

惟兹佩之可贵兮,委厥美而历兹。

芳菲菲而难亏兮,芬至今犹未沬⑫。

和调度以自娱兮⑬,聊浮游而求女。
及余饰之方壮兮,周流观乎上下。

灵氛既告余以吉占兮,历吉日乎吾将行。
折琼枝以为羞兮⑭,精琼爢以为粻⑮。

为余驾飞龙兮,杂瑶象以为车⑯。
何离心之可同兮⑰,吾将远逝以自疏⑱。

①晏:晚。
②央:尽。
③鹈鴂(tí jué):又名伯劳,秋天来时鸣叫。在此比喻时不我待。
④菱(ài)然:阴暗掩蔽的样子。
⑤淹留:久久停留。
⑥萧艾:代指寻常的草。
⑦容长:容貌美丽。
⑧专佞(nìng):专事谄媚巧辩。 慢慆(tāo):傲慢放纵。
⑨槂(shā):恶草之名。
⑩干进:一心追求富贵。
⑪厎:振作。
⑫沬:减损。
⑬和:谐协。 调度:格调和法度。
⑭羞:美味。在此指美食。
⑮精:指碎。 琼爢:玉屑。 粻(zhāng):粮。
⑯瑶象:美玉和象牙。
⑰离心:志向不同的人。
⑱自疏:主动疏远。

趁年岁尚未衰老,时运尚且未尽。
惟恐鹈鴂先已鸣叫,秋天里百草不再芬芳。

我的琼佩多么高峻,众党人却纷纷将它掩蔽。

这些党人不肯理解我，心恐其嫉妒而折毁我的志向。

时势变化错乱，怎么可以在故国久留？
兰芷衰变已经不香，荃蕙转化为茅草。

为何昔日的芳草，今日竟为寻常的萧艾？
岂是其他原故啊，是不好修美所遗害。

我本以为兰是可依凭的，不料只是貌美而无实。
甘愿委弃美质而从俗，只是苟且排列在众芳之中。

椒专门媚巧而放纵，㮕草充实在佩囊。
既然要一心钻营虚荣，又怎能珍重品行芬芳？

固然世俗都追求富贵，什么芳草能没有变化？
看到椒兰二草已是如此，更何况揭车与江离！

只有我的佩饰如此高贵，美质被委弃仍坚贞到此。
芳香浓烈难以亏损，四处飘散不曾泯灭。

和协内心聊且自娱，四处寻求心中的美女。
趁我的修饰尚且壮美，还是上下寻求心中的圣主。

灵氛已告我吉祥的占卜，选择好日子我将远行。
折琼枝作为美肴，捣碎琼糜作为食粮。

为我驾起飞龙而腾起，美玉象牙交饰我的车。
离心离德者怎能同行，我誓将远逝而疏远他们。

原诗

　　遭吾道夫昆仑兮①，路修远以周流。
　　扬云霓之晻蔼兮②，鸣玉鸾之啾啾③。

　　朝发轫于天津兮④，夕余至乎西极⑤。
　　凤皇翼其承旂兮⑥，高翱翔之翼翼⑦。

忽吾行此流沙兮⑧,遵赤水而容与⑨。
麾蛟龙使梁津兮⑩,诏西皇使涉予⑪。

路修远以多艰兮,腾众车使径待⑫。
路不周以左转兮⑬,指西海以为期⑭。

屯余车其千乘兮,齐玉轪而并驰⑮。
驾八龙之婉婉兮,载云旗之委蛇⑯。

抑志而弭节兮⑰,神高驰之邈邈。
奏《九歌》而舞《韶》兮⑱,聊假日以媮乐⑲。

陟升皇之赫戏兮⑳,忽临睨夫旧乡㉑。
仆夫悲余马怀兮,蜷局顾而不行㉒。

乱曰㉓:已矣哉!国无人莫我知兮,又何怀乎故都㉔?
既莫足与为美政兮㉕,吾将从彭咸之所居!

①邅(zhān):转。 昆仑:山名。古代传说为西方神山。
②云霓(ní):旌旗。 晻蔼(yǎn ǎi):郁茂阴暗的样子。
③玉鸾:车衡木上的玉铃,声如鸾鸣。
④天津:星座名。在此比喻为渡神的口岸。
⑤西极:西方的尽头。
⑥翼:用作动词,指张开两翼。 承旂:举着绣有龙蛇的旗帜。
⑦翼翼:整齐的样子。
⑧流沙:沙漠。指西部沙漠地带。
⑨赤水:神话中水名,源于昆仑山。 容与:从容宽缓的样子。
⑩麾:指挥。
⑪诏:告诉。 西皇:西方之神。 使涉予:令他将我渡过去。涉在此为渡的意思。
⑫腾:快速地传令。
⑬不周:神话中山名,在昆仑山西北。
⑭西海:神话中的海,在最西方。 期:目的地。
⑮轪(dài):车轮。
⑯委蛇:同"逶迤"。弯转起伏的样子。

⑰抑志：抑止旗帜。志，同"帜"。
⑱韶：帝舜的乐舞《九韶》。
⑲假日：假借时日。 媮（yú）：乐。
⑳皇：皇天。 赫戏：日光照耀状。戏，同"曦"。
㉑睨（nì）：目光旁视状。 旧乡：指楚国。
㉒蜷局：拳曲不伸的样子。
㉓乱：古代诗歌的末章、尾声，有总结全章之意。
㉔故都：故国，指楚国。
㉕美政：指屈原的政治理想。

转道向昆仑山行进，道路漫长苦苦求索。
旌旗飞扬遮天蔽日，车铃和鸣声响啾啾。

早晨在天津发车，晚上到达西极。
凤凰展翅如举着龙蛇大旗，高高翱翔两翅齐齐。

忽然间已到流沙之地，再沿着赤水漫漫行进。
指挥着蛟龙渡过桥梁，告诉西皇使我涉过赤水。

道路长远艰难多多，传令众车队慎重等待。
路经不周山然后左转，直指西海作为目的地。

我的车队聚集了千辆，聚集后玉轮并驾齐驰。
驾车的八龙蜿蜒如阵，车载的旌旗曲折逶迤。

抑止住旗帜停下了车轮，注目远望令我神驰。
奏起九歌舞起韶乐，姑且假时日而娱乐。

升至皇天阳光闪耀，忽然间反顾望见故乡。
仆夫悲怆马儿也倦恋，蜷曲回首不肯前行。

尾声：
算了吧！国中无人，不了解我啊，为什么一定怀恋故都？
既然不足以共谋美政，我宁可从彭咸而逝去！

◎ 九 歌

屈 原

《九歌》是很古老的祭神曲。屈原的《九歌》是对楚地民间祭神曲润色加工后的杰出作品,共十一篇。其中《东皇太一》、《云中君》、《大司命》、《少司命》、《东君》是祭上天之神,《湘君》、《湘夫人》、《河伯》、《山鬼》是祭山河之神,《国殇》是祭阵亡将士之魂,《礼魂》一篇则是祭神曲的尾声。这样,形成一组精巧别致,风格清新,想象丰富,辞采绚丽,情景交融的歌曲,对后世影响极大。

东皇太一

【题解】

东皇太一是古代楚人对天地的尊称。"太一"是星名,有祠在楚东,与东帝一起受祀,故称东皇。这首诗乃是由巫者合唱,以颂扬东皇太一的祭祀歌。

【原诗】

吉日兮良辰,穆将愉兮上皇①。
抚长剑兮玉珥②,璆锵鸣兮琳琅③。

瑶席兮玉瑱④,盍将把兮琼芳⑤。
蕙肴蒸兮兰藉⑥,奠桂酒兮椒浆。

扬枹兮拊鼓⑦,疏缓节兮安歌,
陈竽瑟兮浩倡⑧。

灵偃蹇兮姣服⑨,芳菲菲兮满堂。
五音纷兮繁会⑩,君欣欣兮乐康⑪!

①愉:通"娱",用作使动词,使之快乐。
②抚:握。 玉珥:指玉饰的剑柄。

③璆锵(qiú qiāng)：美玉相击之声。　琳琅：美玉。
④瑶：同"䔄"。草名,可编席。　玉瑱(zhèn)：瑱,通"镇",压席边的玉石。
⑤盍(hé)：何不。　将把：持,举。
⑥藉：承,衬垫。
⑦枹(fú)：鼓槌。　拊(fǔ)：击鼓的动作。
⑧倡：同"唱"。
⑨灵：神巫。　偃蹇(yǎn jiǎn)：舞姿轻盈貌。
⑩五音：古代音乐的音阶：宫、商、角、徵、羽,在此代指音乐。
⑪君：神,指东皇太一。

在那吉日和良辰,肃穆斋戒宴乐天神。
手握玉柄把持长剑,佩玉琳琅锵锵和鸣。

草席之边压了玉镇,何不在席上摆好琼芳之宴？
蕙草裹肉兰叶铺衬,再献上桂酒和椒浆。

扬起鼓槌咚咚击鼓,节奏疏缓歌声悠扬,
竽瑟弹奏伴以高歌。

神巫曼舞身着美丽的服饰,芳香浓烈充溢了大堂。
五音和鸣盛会空前,愿东皇快乐而健康！

云中君

云中君即云神。神话中又名丰隆、屏翳。这首诗乃是女巫迎云神而唱的祭祀歌。

浴兰汤兮沐芳①,华采衣兮若英②。
灵连蜷兮既留③,烂昭昭兮未央④。

蹇将憺兮寿宫⑤,与日月兮齐光。
龙驾兮帝服,聊翱游兮周章⑥。

灵皇皇兮既降⑦,猋远举兮云中⑧。

览冀州兮有馀⑨，横四海兮焉穷⑩？
思夫君兮太息⑪，极劳心兮忡忡⑫。

①兰汤：和着兰花的开水。
②若英：杜若（香草名）的花。
③连蜷（quán）：宛转的样子。
④末央：末尽。
⑤謇（jiǎn）：楚方言中的发语词。　憺（dàn）：安乐。指神安然接受巫的导引而下凡受享。寿宫：神坛名。
⑥周章：犹周流也，往来游动。言云神居无常处。
⑦皇皇：同"煌煌"，辉煌。
⑧猋（biāo）：迅速离去的样子。
⑨冀州：古代九州之首，在今山西、河北一带。在此代指中国。　有馀：指云神望着冀州，旁及他方。
⑩焉穷：哪里有穷境，言云神横行四海，没有止境。
⑪君：指云神。
⑫忡忡（chōng）：忧虑不安的样子。

兰汤洗浴，香水沐发；
身穿彩衣，手持杜若之花。
灵巫翩翩导引，将云神挽留，
云神昭昭闪，现灵在云端。

他安然在寿宫享祀，同日月一般灿烂。
伟大的云神啊，九龙为您驾车，
身穿着帝服，翱翔在空中，游动翩翩。

忽而侍从纷纷，从天而降，
忽而迅飞冲天，复还云间。
俯览冀州，旁观楚地，横行天下，无有穷极。
伟大的云神啊，令我思念，
频频叹息，劳心烦神，忧虑连连。

湘君

题解

湘君：湘水之男神。一说为帝舜南巡，死在苍梧山一带（湘水发源地），乃化为湘水之神。其二妃娥皇、女英是尧帝的二女，她们到南方寻找舜帝，闻其已死，乃投湘水，遂化为湘水女神，号湘夫人。《湘君》、《湘夫人》是祭祀湘君和湘夫人的组歌。《湘君》写湘夫人盼望湘君来约会却未遇的惆怅心情。

原诗

君不行兮夷犹①，蹇谁留兮中洲②？
美要眇兮宜修③，沛吾乘兮桂舟④。
令沅湘兮无波，使江水兮安流⑤。
望夫君兮未来⑥，吹参差兮谁思⑦？

驾飞龙兮北征⑧，邅吾道兮洞庭⑨。
薜荔柏兮蕙绸⑩，荪桡兮兰旌⑪。
望涔阳兮极浦⑫，横大江兮扬灵⑬。

扬灵兮未极⑭，女婵媛兮为余太息⑮。
横流涕兮潺湲⑯，隐思君兮陫侧⑰。

桂棹兮兰枻⑱，斫冰兮积雪。
采薜荔兮水中，搴芙蓉兮木末⑲。
心不同兮媒劳，恩不甚兮轻绝⑳？

石濑兮浅浅㉑，飞龙兮翩翩。
交不忠兮怨长，期不信兮告余以不闲㉒！

朝骋骛兮江皋㉓，夕弭节兮北渚㉔。
鸟次兮屋上㉕，水周兮堂下㉖。

捐余玦兮江中㉗,遗余佩兮醴浦㉘。
采芳洲兮杜若,将以遗兮下女㉙。
时不可兮再得,聊逍遥兮容与㉚!

①君:指湘君。 夷犹:犹豫。
②蹇(jiǎn):楚方言中发语词。 中洲:湖水中的沙洲。
③要眇:体态美好状。 宜修:修饰适度。
④沛:盛。在此指船行迅速。
⑤沅湘:沅水和湘水,均在今湖南境内,注入洞庭湖。
⑥夫:那。
⑦参差(cēn cī):古乐器名,似即洞箫。 谁思:"思谁"的倒语。以上写湘夫人在洞庭湖中等待湘君到来。
⑧飞龙:舟名。
⑨邅(zhān):回转,改变行程。
⑩薜荔:香草名。 柏:疑为"帕"的误写。"帕"指旌旗。 蕙:香草名。 绸:"帱"的假借字。应指旗帜。
⑪荪桡:饰有香草荪的船桨。 兰旌:饰有兰的旗帜。
⑫涔(cén)阳:江岸名。今湖南澧县有涔阳浦。 极浦:极边远的水岸。
⑬横:横渡。 大江:长江的别名。 扬灵:显扬自己的精诚。
⑭未极:指湘君终于未到。
⑮女:侍女。 婵媛(chán yuán):痛恻不已的样子。
⑯潺湲(chán yuán):水流徐缓的样子。在此比喻泪流不止。
⑰隐:伤感痛惜。 陫侧:陫,同"悱",即"悱侧",内心悲痛。
⑱枻(yì):以木兰装饰的船舷。
⑲搴(qiān):拔取。
⑳甚:过分。在此指深厚。
㉑浅浅(jiān):水流迅急的样子。
㉒期:约会。
㉓骋骛(chěng wù):急奔。 江皋:江边的低地。
㉔弭节:放下马鞭,代指停车。 渚(zhǔ):水中沙洲。
㉕次:住,栖息。
㉖周:在此指水环流。
㉗捐:弃。 玦(jué):玉佩。
㉘醴浦:澧水(在今湖南境内)边。醴,通"澧"。
㉙遗(wèi):赠送。
㉚容与:缓慢徘徊。

湘君啊犹豫不行，等待谁啊河中之洲？
体态美好善于修饰，快快行进划上我的桂舟。
令沅湖二水勿起波澜，使大江之水安然而流。
遥望波涛之头湘君并未到，呜呜吹箫我把谁来追求？

驾起龙舟往北飞行，洞庭湖中往来搜寻。
薜荔为旌蕙草为旗，荪草饰桨兰花绕旌。
眺望远处的涔阳，恨不能马上表达我的精诚。

诚心爱你而渡江不成，侍女也为我叹息伤心。
涕泪横流不可遏止，思念湘君啊令我心痛。

桂木为桨，兰花饰船，船行不前犹如除雪破冰。
水里怎能采集薜荔？树顶怎能摘下芙蓉？
心意既不同，媒人也徒劳；思情既不深，何怪轻易分？

石上流水清且浅，龙船翩翩如飞行。
交往不忠怨恨长，相约不至却告我无闲空！

清晨在江边上奔波，傍晚上宿在偏僻的小洲之中。
鸟儿栖息在屋顶，江流在堂屋四周绕行。

将佩玉遗弃在江里吧，将佩饰丢在澧水之滨。
在洲中采集芳香的杜若，聊且送给随侍的下女。
时机已失，不可再得；徘徊四顾，以安我心。

湘夫人

这首诗写湘君盼湘夫人来约会却未遇的惆怅心情。湘夫人：湘水之神。

  帝子降兮北渚①，目眇眇兮愁予②。
  嫋嫋兮秋风③，洞庭波兮木叶下。

登白薠兮骋望④,与佳期兮夕张⑤。
鸟何萃兮蘋中⑥?罾何为兮木上⑦?

沅有茝兮醴有兰⑧,思公子兮未敢言⑨。
荒忽兮远望⑩,观流水兮潺湲。

麋何为兮庭中?蛟何为兮水裔⑪?
朝驰余马兮江皋⑫,夕济兮西澨⑬。

闻佳人兮召予,将腾驾兮偕逝。
筑室兮水中,葺之兮荷盖⑭。

荪壁兮紫坛⑮,播芳椒兮成堂⑯。
桂栋兮兰橑⑰,辛夷楣兮药房⑱。
罔薜荔兮为帷⑲,擗蕙櫋兮既张⑳。
白玉兮为镇㉑,疏石兰兮为芳㉒。
芷葺兮荷屋㉓,缭之兮杜衡。

合百草兮实庭,建芳馨兮庑门㉔。
九嶷缤兮并迎㉕,灵之来兮如云。

捐余袂兮江中㉖,遗余褋兮醴浦㉗。
搴汀洲兮杜若,将以遗兮远者。
时不可兮骤得,聊逍遥兮容与!

①帝子:天帝的女儿。在此指湘夫人。　北渚:江北岸。
②眇眇:极目而望的样子。　愁予:使我忧愁。
③嫋嫋(niǎo):同"袅袅",在此形容秋风不绝的样子。
④白薠(fán):一种秋天生长在湖泽边的水草。　骋望:极目远望。
⑤与佳期:践约,赴约会。　夕张:在傍晚时布置约会。

⑥蘋（píng）：浮萍一类水草名。
⑦罾（zēng）：鱼网。
⑧沅：水名，在今湖南境内，注入洞庭湖。　醴：同"澧"，水名。
⑨公子：指湘夫人，古代亦称女子为公子。
⑩慌忽：同"恍惚"，心境朦胧的样子。
⑪水裔（yì）：水边。
⑫江皋：江边的低地。
⑬澨（shì）：水边。
⑭葺（qì）：用茅草盖屋顶。
⑮荪壁：用荪草（香草名）饰墙壁。　紫坛：用紫贝砌庭中的地。
⑯成：涂饰。
⑰橑（liáo）：屋椽。
⑱辛夷：树木名。　楣：门上横梁。　药：指白芷，在此用作动词，指以白芷饰洞房。
⑲罔：通"网"，意为编结。
⑳擗（pǐ）：掰开。　櫋（mián）：屏风，隔扇。
㉑镇．压坐席的玉镇。
㉒疏：分布，陈列。　石兰：香草名。
㉓芷葺：以白芷盖屋顶。
㉔建：陈列。　庑（wǔ）：古代亭堂四周的廊屋。
㉕九嶷：山名，在今湖南境内，在此指九嶷山之神。
㉖袂（mèi）：应为"袟"，小囊，女子的佩饰。
㉗褋（dié）：单裙。

上帝的公主飘降在江北之岛，我望眼欲穿，愁绪缭绕；
秋风萧萧，天气渐凉，洞庭波上落叶飘飘。

登上白蘋之地远远嘹望，预约在夕阳西下的黄昏。
鸟儿怎么会集中在蘋上？鱼网怎么挂在了树顶？

沅水边有白芷澧水边生幽兰，心思公子啊，口中不便言。
黄昏时极目而望，只见江水平流缓缓。

麋鹿为何到庭中觅食？蛟龙为何到了水边？
早晨在江边骑马驰骋，傍晚乘船来到西岸。

听说佳人已经召唤，急切切要与她并马奔腾而前。
在湖水中筑室吧，用荷盖做了屋顶。

用荪草饰壁紫贝砌地吧，把芳椒和在墙泥之中。
桂树作栋兰茎为橡，辛夷为楣白芷饰房。
编好薛荔作帷，分开蕙草作屏。
白玉为坐席之镇，陈列石兰播送芳芬。
白芷为顶荷花盖屋，洞房四周缭绕了杜衡。

集合了百种香草装饰庭堂，充满的芳香溢出了廊门。
九嶷之神缤纷来迎，众神灵下降如云。

将我的玉佩弃入大江，将我的套裙丢在澧水之中。
沙洲边举起芳香的杜若，愿送给远来的姑娘。
时机易失不可多得，暂且逍遥等待在江湖的船上。

大司命

题解

大司命是主宰人间寿命长短及生死的神。这首诗分别以神和巫的口气表述对神的尊敬和对命运无常的达观理解。

原诗

广开兮天门，纷吾乘兮玄云。
令飘风兮先驱①，使冻雨兮洒尘②。

君回翔兮以下，逾空桑兮从女③。
纷总总兮九州④，何寿夭兮在予。

高飞兮安翔，乘清气兮御阴阳⑤。
吾与君兮齐速，导帝之兮九冈⑥。

灵衣兮被被⑦，玉佩兮陆离。
壹阴兮壹阳，众莫知兮余所为。

折疏麻兮瑶华⑧，将以遗兮离居⑨。
老冉冉兮既极，不寝近兮愈疏⑩。

乘龙兮辚辚⑪，高驰兮冲天。
结桂枝兮延伫⑫，羌愈思兮愁人⑬。

愁人兮奈何，愿若今兮无亏。
固人命兮有当⑭，孰离合兮可为？

①飘风：旋风。
②涷（dōng）雨：暴雨。
③空桑：神话中的山名。 女：同"汝"，你。
④纷总总：形容杂乱众多。"纷总总"二句应为大司命自述。
⑤清气：相对浊气而言，指天地间清明之气，犹言"正气"。 御阴阳：驾驭天地间阴阳之气的变化，喻掌握时间的运转和人的寿命的长短。
⑥之：到。 九冈：山名。
⑦被被：同"披披"。指衣服飘动的样子。
⑧疏麻：神麻。
⑨遗（wèi）：赠。 离居：离居的人，指大司命。
⑩寖近：稍稍亲近。
⑪辚辚：车行进时伴随的响声。
⑫延伫：久久等待。
⑬羌：句首语气词。
⑭当：在此指寿命有数。

敞开天宫的大门，我乘着浓云上升。
令旋风在前开路，使暴雨洒下静尘。

大司命飘转而降，我越过空桑从你。
纷纭广大的九州啊，凡人的寿夭尽握我手中。

高高飞翔旋转空中，驾驭着时间与人的生命。
我愿与您一同前进，导引您在九冈山顶。

神灵之衣冉冉飘飞，玉佩多么光采陆离。
昼夜之间不停转换，众生不知我的所为。

折一把疏麻之花,送给将要离去的神灵。
衰老渐已达到极限,神啊我欲亲近你反而远行。

你驾着龙车隆隆行进,高驰冲天不见音容。
我编好桂枝久久立望,心中思念多么愁人。

愁烦啊无可奈何,愿您保重就似当今。
人命本来早有定数,寿夭生死谁可决定?

少司命

【题解】 此篇为少司命的祭歌,写得华采飞扬,情意缠绵,似含有楚地初民情歌的遗韵。少司命:主宰子嗣生育之神。

【原诗】

秋兰兮麋芜,罗生兮堂下;
绿叶兮素华,芳菲菲兮袭予①。
夫人自有兮美子②,荪何以兮愁苦③?

秋兰兮青青,绿叶兮紫茎;
满堂兮美人,忽独与余兮目成④。

入不言兮出不辞,乘回风兮载云旗⑤,
悲莫悲兮生别离,乐莫乐兮新相知。

荷衣兮蕙带,倏而来兮忽而逝⑥。
夕宿兮帝郊,君谁须兮云之际?

与汝游兮九河,冲风至兮水扬波。
与汝沐兮咸池⑦,晞汝发兮阳之阿⑧。
望美人兮未来,临风怳兮浩歌。

孔盖兮翠旍⑨,登九天兮抚彗星⑩。

竦长剑兮拥幼艾⑪，荃独宜兮为民正⑫。

①菲菲：香气浓烈状。
②夫：发语虚词。　人：人们，指百姓。
③荪：香草名。此处代指少司命。
④目成：指少司命独与我以眉目定情。
⑤云旗：以云当旗。
⑥倏（shū）：忽然。
⑦咸池：神话的天池。
⑧晞（xī）：晒干。　阳之阿（ē）：指旸（yáng）谷，传说太阳出于其中。
⑨孔盖：孔雀之翅为盖。　翠旌：翡翠之羽为旌旗。
⑩抚：持。　彗星：一名扫帚星。在此想象彗星为扫除邪恶的扫帚。
⑪竦（sǒng）：耸，挺立。也可解作执，持。　幼艾：嫩的艾草，象征儿童。
⑫荃：指少司命。　正：主宰。

秋天的兰花和蘼芜，生长在堂屋周围。
枝叶翠绿，花朵洁白，芳香浓烈，令人醉煞。
人们自会生儿育女，神灵你为何牵挂？

兰叶青青茂盛，绿叶舒展紫茎亭亭。
满堂的美人聚集其中，忽然间独与我灵犀相通。

神灵您入不声言出不辞，驾乘旋风摇云旗。
悲伤无过生别离，快乐无过新相知。

您身着荷衣蕙草为束带，飘忽而来匆匆逝。
暮宿在帝郊之野，为谁等待在天壤之际？

愿与您同游黄河，秋风横起扬大波。
愿与您在咸池同浴，观赏你晒发在旸谷之坡。
望眼欲穿啊，美人未来，临风恍惚，仰天浩歌。

孔雀之屏为盖，翠鸟之羽做旌。
遥登九天吧，抚持彗星。
手把刺天的长剑，拥抱稚嫩的儿童。
伟大的少司命啊，惟独您秉持真理爱护生灵。

东 君

【题解】 本篇为赞礼太阳神的诗。东君：日神。

【原诗】

暾将出兮东方①，照吾槛兮扶桑②。
扶余马兮安驱，夜皎皎兮既明。

驾龙辀兮乘雷③，载云旗兮委蛇④。
长太息兮将上，心低回兮顾怀。

羌声色兮娱人⑤，观者憺兮忘归⑥。
緪瑟兮交鼓⑦，箫钟兮瑶簴⑧。

鸣篪兮吹竽⑨，思灵保兮贤姱⑩。
翾飞兮翠曾⑪，展诗兮会舞⑫。

应律兮合节，灵之来兮蔽日。
青云衣兮白霓裳，举长矢兮射天狼。

操余弧兮反沦降⑬，援北斗兮酌桂浆⑭。
撰余辔兮高驰翔⑮，杳冥冥兮以东行⑯。

① 暾（tūn）：初升的太阳。
② 吾槛：我的门槛，指扶桑树。吾，在此指神巫。　扶桑：传说东方日出处的神树。
③ 龙辀（zhōu）：龙驾的车。辀，车辕，代指车。
④ 云旗：以云霞做的旗。　委蛇（wēi yí）：蜿蜒曲折状，在此指旗帜随风飘扬的样子。
⑤ 声色：指祭神时载歌载舞的场面。
⑥ 憺（dàn）：安乐。
⑦ 緪（gēng）：紧急。在此指瑟弦奏出急促的声音。　交鼓：相对击鼓。

⑧箫钟：指箫钟杂奏。 瑶簴(jù)：以瑶饰挂钟的木架。
⑨箎(chí)：同"篪"，管乐器名。
⑩思：发语词。 灵保：神巫名。
⑪翾(xuān)：轻捷的样子。 翠曾(zēng)：翠鸟展翅飞翔。曾，应为"翻"的简写。翻，展翅飞翔的样子。
⑫展诗：指神巫展开诗章来唱。
⑬弧：弓。在此指以弧矢为弓。
⑭援：持，拿。
⑮撰：持。 辔(pèi)：马缰绳。
⑯冥冥：黑暗的样子。 东行：古人认为太阳白天西行，夜晚又要在大地背面赶回东方。

【诗意】

旭日悬挂在东方，照耀浓绿的扶桑。
乘上马儿缓缓前进，夜色已退显露曙光。

驾起龙车隆隆西行，云旗飘飘八面临风。
叹息一声我将升天，心情沉重留恋难忍。

祭神的场面使人快乐，观者安乐不想归程。
琴瑟急促击鼓咚咚，玉饰之架箫鼓杂陈。

鸣篪吹竽多么欢乐，巫女貌美兼有贤行。
态如翠鸟双翅舒翅，展诗歌唱群舞不停。

歌舞合拍节奏鲜明，众神纷纷降迎东君。
昼着青云衣，晚穿白虹裳，举起长箭遥射天狼之星。

操起弧矢之弓降落返回，手把北斗又将桂花酒饮。
乘上我的马儿高驰飞翔，长夜漫漫往东返行。

河　伯

本篇为祭祀黄河之神的诗歌。其中述予（唱诗的巫）与河伯在河中相会相别，中情凄恻，似为情歌的遗制。河伯：黄河之神。

与女游兮九河①，冲风起兮横波②。

乘水车兮荷盖，驾两龙兮骖螭③。

登昆仑兮四望④，心飞扬兮浩荡。
日将暮兮怅忘归，惟极浦兮寤怀⑤。

鱼鳞屋兮龙堂，紫贝阙兮珠宫⑥。
灵何为兮水中⑦。

乘白鼋兮逐文鱼⑧，与汝游兮河之渚。
流澌纷兮将来下⑨。

子交手兮东行⑩，送美人兮汝南浦⑪。
波滔滔兮来迎，鱼邻邻兮媵予⑫。

①女：指河神。女，同"汝"。　九河：渭、汾、洛等黄河的九条支流。
②冲风：大风。　横波：横断河面涌起的大波。
③骖螭（cān chī）：以螭（无角的龙）驾车。古代以四马驾车，中间二匹叫"服"，左右二匹叫"骖"。
④昆仑：山名，在西域。古人认为是黄河发源地。
⑤极浦：黄河中极远之地。浦，水边。寤怀：醒着睡着都在怀念。寤，"寤寐"的省称。
⑥阙：宫门前两边高耸的望台。
⑦灵：指河伯。
⑧鼋（yuán）：鳖的一种。古人认为鼋与文鱼都是水中神物。
⑨流澌（sī）：春天到来，河中融解的冰块。也指流水。
⑩子：您。指河伯。
⑪美人：唱诗的巫的自称。
⑫邻邻：连贯排比的样子。　媵（yìng）予：伴随。

与您遍游九条大河，河面上狂风掀起大波。
乘着水车圆荷为盖，两龙驾辕双螭作骖。

登上昆仑遥遥而望，心绪飞扬情怀浩荡。
夕阳西下怅然忘归，远眺河边令我念想。

鱼鳞盖屋龙骨筑堂，紫贝饰阙珍珠布宫，

河伯啊，为何在河之中央？

乘着白鼋追逐文鱼，与您同游在黄河之滨。
春初之时日暖冰消，河水由西滚滚向东。

你我携手向东漫步，在河阴送别心中的美人。
波浪滔滔前来欢迎，鱼儿列队伴我而行。

山 鬼

题解 这是一篇表述男女爱情的诗。一说屈原借山神之飘忽难求，表述其君臣难以和谐的悲怆心情。山鬼：山神。一说指巫山神女。

原诗

若有人兮山之阿①，被薜荔兮带女萝②。
既含睇兮又宜笑③，子慕余兮善窈窕④。

乘赤豹兮从文狸⑤，辛夷车兮结桂旗⑥。
被石兰兮带杜衡，折芳馨兮遗所思⑦。

余处幽篁兮终不见天⑧，路险难兮独后来。
表独立兮山之上，云容容兮而在下。

杳冥冥兮羌昼晦⑨，东风飘兮神灵雨。
留灵修兮憺忘归⑩，岁既晏兮孰华予⑪！

采三秀兮于山间⑫，石磊磊兮葛蔓蔓。
怨公子兮怅忘归，君思我兮不得闲。

山中人兮芳杜若⑬，饮石泉兮荫松柏。
君思我兮然疑作。

雷填填兮雨冥冥⑭,猨啾啾兮狖夜鸣⑮。
风飒飒兮木萧萧,思公子兮徒离忧⑯。

①若:发语词。 人:指山鬼。 阿(ē):弯曲的地方,一隅。
②被(pī):同"披"。 薜(bì)荔:藤状植物。生于南方。 带:带子。在此用作动词,意为"以……为带子"。
女萝:蔓生植物。
③睇(dì):微微斜视。 宜笑:指女子笑得自然得体。
④子:指山鬼的爱人。 余:山鬼自称。
⑤从:跟从。 文狸:神狸。
⑥辛夷:一种花树,似木兰。
⑦遗(wèi):赠送。
⑧幽篁(huáng):幽静的竹林。
⑨羌:语气助词。
⑩灵修:山鬼所恋之人。 憺(dàn):安闲的样子。
⑪华:在此用作动词。使华美。
⑫三秀:灵芝草。
⑬山中人:山鬼自指。
⑭填填:雷鸣声。
⑮啾啾(jiū):猿的叫声。 狖(yòu):黑色的长尾猿。
⑯离:通"罹(lí)",遭受。

一位女子在山间,身披薜荔带女萝。
眼含秋波面带笑,我爱你窈窕你爱我。

乘赤豹啊伴神狸,辛夷饰车桂饰旗。
身带石兰腰缠杜衡草,折了香花送所思。

我居处深竹难见天,道路曲折赴约晚。
你独自站在巫山上,白云茫茫飘下边。

深山幽冥昼晦暗,神灵降雨春风送暖。
愿留心上人留连忘返,岁月匆匆谁能使我永驻华颜!

采灵芝在群山之中,怪石磊磊葛藤蔓蔓。
心怨公子惆怅不归,君思我啊难得空闲。

山中人以杜若为芳,饮石泉之水以松柏为荫。
君思我心中不断,忐忑不安疑窦丛生。

雷声隆隆降雨蒙蒙,长夜之中猿猴悲鸣。
秋风飒飒落叶萧萧,我思公子啊空自忧心。

国 殇

题解

本篇为歌颂为国捐躯的将士的歌辞。国殇(shāng):为国战死的人。

原诗

操吴戈兮被犀甲①,车错毂兮短兵接②。
旌蔽日兮敌若云,矢交坠兮士争先。

凌余阵兮躐余行③,左骖殪兮右刃伤④。
霾两轮兮絷四马⑤,援玉枹兮击鸣鼓⑥。

天时怼兮威灵怒⑦,严杀尽兮弃原野。
出不入兮往不反,平原忽兮路超远⑧。
带长剑兮挟秦弓,首虽离兮心不惩⑨。

诚既勇兮又以武,终刚强兮不可凌。
身既死兮神以灵,魂魄毅兮为鬼雄⑩!

注释

①吴戈:战国时吴国所制的戈,形状类似矛。 被:同"披"。
②错毂(gǔ):战车相交,轮轴碰撞。
③躐(liè):践踏。
④骖(cān):古战车由四马所驾,中间二匹叫"服",左右两匹叫"骖"。 殪(yì):杀死。 右:右骖的省略。
⑤霾(mái):同"埋"。 絷(zhí):绊住。
⑥援:拿起。 玉枹(fú):饰了玉的鼓槌。
⑦怼(duì):怨恨。

⑧忽：同"惚"。在此形容将士之魂惚恍渺茫。
⑨心不惩：心无怨恨。
⑩毅：刚烈。

左手执吴戈，身上披犀甲；车轴相撞击，短刀来砍杀。
旌旗蔽白日，敌阵如连云；箭矢续续飞，勇士争先锋。

敌方破我阵，践踏我行伍；左马已战死，右马亦受伤。
双轮陷泥中，四马难奋挣；将帅操鼓槌，击鼓阵前鸣。

天象多怨怒，神灵亦怀恨；战士尽亡躯，原野弃纷纷。
出征誓不还，杀敌决不还；亡灵绕平原，惚恍归路远。
身躯带长剑，双臂挟秦弓；身首虽离异，内心无怀恨。

杀敌可言勇，战死武节尊；终然称刚强，威灵不可凌。
身躯虽已死，精神尚有灵；魂魄多刚烈，死亦为鬼雄。

礼 魂

礼魂是《九歌》的终曲，为送神曲。由男巫女巫一边传递鲜花一边舞蹈歌唱。

　　成礼兮会鼓①，传芭兮代舞②；
　　姱女倡兮容与③。
　　春兰兮秋菊，长无绝兮终古！

①会鼓：急急地打鼓。
②代：交替。指边舞边传递鲜花。
③倡：同"唱"。

祭礼已成急急敲鼓，传递鲜花轮番跳舞；
美丽的女子唱起颂歌，舞蹈舒缓容雍大度。
春天有兰秋天有菊，敬礼诸神千秋万古！

◎九 章

屈 原

《九章》是屈原九篇诗歌的总题。据宋代朱熹说，是"后人辑之，得其九章，合得一卷，非必出于一时之言也"。这恐怕是对的。其创作年代已不可考，据郭沫若推断，《橘颂》一篇，体裁和情趣都迥异于其他八篇，可能属早期作品。其他八章，似均为屈原失意后所作，其意与《离骚》一脉相承，"其先后，大抵《惜诵》较早，可能是初受疏远时所作；《抽思》、《思美人》次之，《悲回风》、《涉江》又次之；《哀郢》毫无疑问是顷襄王二十一年郢都被灭于白起时所作。《怀沙》、《惜往日》，大抵就是蝉联而下的作品了"。可以见出，《九章》每一篇前后承续，是屈原悲剧生涯的真实纪录。

橘 颂

题解

《橘颂》是屈原早期作品，诗中仔细描写了橘的个性，热烈歌颂其坚贞不移的高贵品质，饱含着诗人立志建功、自我修美的上进精神，与其放逐后忧怨愤懑、一唱三叹的诗风形成鲜明对照。

原诗

后皇嘉树①，橘徕服兮②。
受命不迁③，生南国兮。

深固难徙，更壹志兮④。
绿叶素荣，纷其可喜兮。

曾枝剡棘⑤，圆果抟兮⑥。
青黄杂糅，文章烂兮⑦。

精色内白⑧，类任道兮⑨。
纷缊宜修⑩，姱而不丑兮⑪。

嗟尔幼志,有以异兮。
独立不迁,岂不可喜兮?

深固难徙,廓其无求兮⑫。
苏世独立⑬,横而不流兮⑭。

闭心自慎⑮,终不过失兮。
秉德无私⑯,参天地兮⑰。

愿岁并谢,与长友兮。
淑离不淫⑱,梗其有理兮。

年岁虽少,可师长兮。
行比伯夷⑲,置以为像兮⑳。

①后皇:指皇天上帝。后,帝也。
②徕:通来。 服:周代将王都及周围土地分为五区,称五服。楚国在周王朝的南服之地。
③迁:移植。传说橘树生淮水之南则为橘,生淮水之北则为枳,果不可食。
④壹志:指橘专生于淮水之南,比喻志向专一。
⑤曾:通"层",重叠。 剡(yǎn)棘:尖锐的针刺。
⑥抟(tuán):通"团",圆形。
⑦文章:文采。指橘实青黄相间的状态。
⑧精色:指橘皮色泽鲜明。
⑨任道:可担当重任的志士。
⑩纷缊(yùn):五彩斑斓的样子。
⑪姱(kuā):美好。
⑫廓(kuò):豁达。
⑬苏世:清醒于世事。
⑭横:横渡。比喻正直。
⑮闭心:清心寡欲。
⑯秉德:坚持高尚的节操。
⑰参天地:与天地一样高大。
⑱淑离:内外并美。
⑲伯夷:殷末周初时孤竹君之子。与其弟叔齐反对周灭殷,不食周粟,饿死在首阳山(今山西永济市南),

被视为义士。

㉑置：植。

天地间美丽的橘树，栽培在楚国的土地。
禀承天命而不迁移，长期生长在南国这里。

叶茂根深而难徙，更加上志气专一。
绿叶间绽开着白花，枝叶纷披真是可喜。

枝干层叠，针刺尖锐，圆圆的果实挂满树枝。
果实青黄杂糅相呈，色彩斑斓令人欣喜。

橘皮精黄橘心洁白，类似担当重任的志士！
色彩纷盛多么可人，橘树啊，真是可爱无匹。

感叹你少年有志，与凡人大大有异。
独立不移，岂不可喜。

根深而坚固难以迁徙，心胸豁达秉性坚毅。
清醒在世，傲然独立，横绝而渡，不肯逐流漂移。

你深藏不露，出言谨慎，处事通达，终无过失。
你坚持德操，公正无私，秉承志节，与天地并立。

你愿与天地同生同死，真可与你长久友谊。
你内外并美，不淫不邪，坚直高大，中正有理。

你年岁虽小，可以为师。
就像不朽的伯夷，可堪在庭中楷模般树立。

惜　诵

本篇表述作者尽忠楚王，反招怨恨和谗谤的悲愤心情，是《九章》中最为晓畅之作。惜诵，表达不愿表达而又不得不说的心情。

惜诵以致愍兮①，发愤以抒情。
所非忠而言之兮②，指苍天以为正③。

令五帝以折中兮④，戒六神与向服⑤。
俾山川以备御兮⑥，命咎繇使听直⑦。

竭忠诚而事君兮，反离群而赘肬⑧。
忘儇媚以背众兮⑨，待明君其知之⑩。

言与行其可迹兮⑪，情与貌其不变。
故相臣莫若君兮，所以证之不远。

吾谊先君而后身兮⑫，羌众人之所仇也⑬。
专惟君而无他兮，又众兆之所雠也⑭。

壹心而不豫兮⑮，羌不可保也⑯。
疾亲君而无他兮⑰，有招祸之道也。

思君其莫我忠兮，忽忘身之贱贫。
事君而不贰兮，迷不知宠之门⑱。

忠何辜以遇罚兮，亦非余之所志也。
行不群以颠越兮⑲，又众兆之所咍也⑳。

纷逢尤以离谤兮㉑，謇不可释也。
情沉抑而不达兮，又蔽而莫之白也。

心郁邑余侘傺兮，又莫察余之中情。
固烦言不可结而诒兮㉒，愿陈志而无路。

退静默而莫余知兮,进呼号又莫余闻。
申侘傺之烦惑兮,中闷瞀之忳忳㉓。

昔余梦登天兮,魂中道而无杭㉔。
吾使厉神占之兮㉕,曰"有志极而无旁㉖"。

终危独以离异兮,曰君可思而不可恃。
故众口其铄金兮㉗,初若是而逢殆㉘。

惩热羹而吹齑兮㉙,何不变此志也?
欲拾阶而登天兮㉚,犹有囊之态也㉛。

众骇遽以离心兮㉜,又何以为此伴也?
同极而异路兮,又何以为此援也㉝?

晋申生之孝子兮,父信谗而不好㉞。
行婞直而不豫兮㉟,鲧功用而不就㊱。

吾闻作忠而造怨兮,忽谓之过言㊲。
九折臂而成医兮,吾至今乃知其信然。

矰弋机而在上兮㊳,罻罗张而在下㊴。
设张辟以娱君兮㊵,愿侧身而无所㊶。

欲儃佪以干傺兮㊷,恐重患而离尤㊸。
欲高飞而远集兮㊹,君罔谓女何之㊺?

欲横奔而失路兮,盖坚志而不忍。
背膺牉以交痛兮㊻,心郁结而纡轸㊼。

捣木兰以矫蕙兮㊽,凿申椒以为粮。

播江离与滋菊兮,愿春日以为糗芳㊾。

恐情质之不信兮,故重著以自明。
矫兹媚以私处兮㊿,愿曾思而远身㉛。

①愍:忧愁,愤懑。
②所:发誓之词。在此有假如之意。 非忠而言之:不是出于忠心而发牢骚。
③正:通"证",意为作证。
④五帝:有数种说法。比如以伏羲、神农、黄帝、尧、舜为五帝。一说为五方之帝。 折中:判断。在此指请五帝判断是非。
⑤六神:日、月、星、水、旱、四时寒暑。 戒:告,命。指上帝命众神察其是非。 向服:指如有虚言,愿向五帝六神服罪。
⑥俾:使令。 备御:驾车。在此指令山川之神驾车。
⑦咎繇:即皋陶(gāo yáo),相传曾做过舜的掌刑法的官。 听直:判断作者所述的曲直。
⑧赘肬:多馀的肉,在此比喻作者成为被逸臣排挤的对象。
⑨儇媚:巧佞谄媚。
⑩其:在此为表示缓和语气的助词。
⑪迹:在此用作动词。指有踪迹可寻。
⑫谊:同"义",情义。
⑬羌:楚方言中的发语词。
⑭众兆:同上句"众人",均指逸害屈原的佞臣。 雠(chóu):出卖。在此指被逸臣出卖陷害。
⑮不豫:不犹豫。指一心忠君,刚直不阿。
⑯不可保:指屈原被楚王放逐自身难保。
⑰疾:专力。在此指专心致力于忠君,不防被小人陷害。
⑱宠:在此指在君王面前邀宠。
⑲颠越:倾覆。指屈原在政治上失意。
⑳哈(hāi):嘲笑。
㉑尤:责备。 离谤:遭受诽谤。
㉒诒(yí):送。在此指向楚王表达。
㉓闷瞀(mào):心情沉闷而烦乱。 忳忳(tún):忧闷的样子。
㉔杭:道路。在此应指前进的方向。
㉕厉神:主杀伐之神。
㉖志极:指志向,目标。 旁:在此指辅助之人。
㉗众口其铄(shuò)金:众人一起逸谤,即使金石也可熔化。
㉘殆(dài):危险。在此指被楚王放逐。
㉙齑(jī):同"齑",切碎的咸菜末。此句本意为,因害怕热汤,故在进食前连冷的咸菜末一类食物

也以口吹之,生怕烫伤。比喻忠而被谤,乃至处处小心。

㉚拾阶而登天:顺着梯子上天。比喻回到楚王身边尽忠。拾,攀缘。阶,梯子。

㉛曩之态:指被放逐前对楚王的忠直之心。

㉜众骇遽以离心:指众人见屈原忠直之状,都害怕、嫉妒,所以不与其同心。以,而。

㉝援:可作援引的同志。

㉞"晋申生之孝子"二句:春秋时,晋献公太子申生行孝端正,但献公听信宠幸的骊姬的谗言,逼迫申生自杀。献公乃立骊姬所生子奚齐为太子。

㉟婞直:刚正。

㊱鲧(gǔn)功用而不就:指禹的父亲鲧(即鲧)治水的功业不能成就。

㊲过言:言过其实。

㊳矰(zēng)弋机而在上:对空中之鸟欲张弓射箭。矰,带丝线的短箭,用以射鸟。弋,指矰在弓上,发而射之。

㊴罻(wèi)罗:捕鸟的小网。以上二句比喻谗人设计陷害屈原。

㊵张辟:布设罗网用以伤害。

㊶侧身:斜着身体躲避袭击。

㊷儃(chán)佪:欲进不进的样子。 干傺(chì):想驻足不进,喻停止向君王表忠。

㊸重(chóng):增加。

㊹集:鸟栖止在树上,在此比喻远到别国建功立业。

㊺君罔谓女何之:君王难道不会说,你想到哪里去呢?之,到、去、往。

㊻背膺牉(pàn):背与胸相背而合。

㊼纡轸:隐痛在心而不可解脱。

㊽捣:捣。矫:糅。

㊾糗(qiǔ)芳:美好的干粮。

㊿挢:举。 媚:比喻美好的节操。 私处:自娱。犹言洁身自好。

㉛曾思:深思。

心怀不忍而呈述忧愁,抒发愤懑表露幽情。
假如不出于忠诚而言,手指苍天而作证。

令五帝前来判决,告六神向其服罪。
使山川之神准备驾车,命法官咎繇断定是非。

竭尽忠心服侍君王,反致离群成为赘肬。
忘却佞巧导致背众,盼望明君或许知悉。

言行忠直都可细述,内情与外貌决不改变。
故而知臣莫若君主,因为君臣相距不远。

宁愿先君而后身，决不怕众人仇恨。
专念君王决无二心，又遭谗臣出卖耍弄。

一心思君刚正不阿，因此自身不可善保。
全力奉君并不犹豫，反而成为招祸之道。

思念君王数我忠诚，竟然忘却自身微贫。
服侍君王哪有贰心，心性迷惑不知邀宠。

忠诚为何要遇惩罚？这不是我的心志。
行为不群而遭颠仆，又被众谗人讥笑。

纷纷被责遭受诽谤。内心郁结不可释怀。
内心郁结无法上达，蒙蔽幽处无处表白。

神情忧郁徘徊失意，又有何人明了我心？
烦言不可集中表达，愿意列述却无路径。

退而静默谁可知我，进而呼号谁可听闻？
失意重重烦腻迷惑，心中闷乱忧思困顿。

梦里曾经登上九天，魂魄半道忽失行踪。
我使厉神点卜先验，他说我有志而无助。

临危独处众叛亲离，君王思虑却不可恃。
旧说众口可以销金，初遇此情即逢危局。

害怕热羹口吹冷齑，为何不变刚直之态？
欲缘梯阶攀上九天，自信犹有往日气概。

众人惊骇纷纷离心，何必又有这些侣伴！
目的相同路途不同，那又何必作为奥援。

晋国申生本为孝子，献公信谗不加信用。
鲧刚直而不知曲就，故而治水不得成功。

曾闻尽忠反而招怨，一时以为并非实言。
多次折臂久而成医，至今乃知此言信然。

在上张弓意欲发箭，在下布网加以捕杀。
众人专巧用以娱君，宁愿侧身避祸无法。

心想徘徊驻足不进，恐怕祸患大罪加身。
心想高飞远远栖止，又怕君王不肯放弃。

心想狂奔反而迷路，志向坚定于心不忍。
背胸相交阵阵作痛，心中抑郁难以释情。

捣碎木兰和以蕙芳，凿烂申椒以为口粮。
播下江离培植菊花，心愿春日充作食物。

情感质朴君王难信，反复陈说用以自明。
固守美质自娱其心，甘愿深思远隐其身。

涉 江

题解 本诗写屈原流放江南时的艰难困苦，表达出诗人不屈的斗争精神和高尚的情操。

原诗

余幼好此奇服兮，年既老而不衰。
带长铗之陆离兮①，冠切云以崔嵬②。

被明月兮佩宝璐③，
世溷浊而莫余知兮，吾方高驰而不顾。
驾青虬兮骖白螭④，吾与重华游兮瑶之圃⑤。

登昆仑兮食玉英⑥，
吾与天地兮比寿，与日月兮齐光。
哀南夷之莫吾知兮⑦，旦余将济乎江湘。

乘鄂渚而反顾兮⑧，欸秋冬之绪风⑨。
步余马兮山皋⑩，邸余车兮方林⑪。

乘舲船余上沅兮⑫，齐吴榜以击汰⑬。
船容与而不进兮⑭，淹回水而凝滞。

朝发枉渚兮⑮，夕宿辰阳。
苟余心其端直兮，虽僻远之何伤！

入溆浦余儃佪兮⑯，迷不知吾所如⑰。
深林杳以冥冥兮，乃猿狖之所居⑱。

山峻高以蔽日兮，下幽晦以多雨。
霰雪纷其无垠兮，云霏霏而承宇。

哀吾生之无乐兮，幽独处乎山中。
吾不能变心以从俗兮，固将愁苦而终穷。

接舆髡首兮⑲，桑扈裸行⑳。
忠不必用兮，贤不必以㉑。

伍子逢殃兮㉒，比干菹醢㉓。
与前世而皆然兮㉔，吾又何怨乎今之人？
余将董道而不豫兮㉕，固将重昏而终身㉖。

乱曰：鸾鸟凤皇，日以远兮。
燕雀乌鹊，巢堂坛兮。
露申辛夷㉗，死林薄兮㉘。
腥臊并御㉙，芳不得薄兮㉚。

阴阳易位，时不当兮。
怀信侘傺㉛，忽乎吾将行兮！

注释

①长铗（jiá）：剑名。
②冠：帽，在此用作动词，为戴冠之意。　切云：冠名。　崔嵬（wéi）：高耸之状。
③被：同"披"。　明月：珍珠名。
④虬（qiú）：传说为无角之龙。　骖：古代由四马驾车，左右两边的马叫骖。　螭（chī）：传说为像蛟龙的动物。
⑤重华：帝舜之名。　瑶之圃：传说为西王母的花园，即所谓瑶池。
⑥昆仑：西域山名，传说王母所居，又产美玉。
⑦南夷：楚国南部的少数民族。在此当指楚国。
⑧鄂渚：地名，在今湖北武昌。
⑨欸（āi）：叹息。
⑩皋（gāo）：通"高"。在此指高地。
⑪邸：同"抵"。抵达。　方林：地名，不详确指。一说即大树林。
⑫舲（líng）船：有篷窗的小船。
⑬吴榜：吴地（今江浙一带）制的大桨。　汰：水波。
⑭容与：舒缓的状态。
⑮枉渚：地名。下句"辰阳"也为地名。
⑯溆（xù）浦：溆水（沅水的支流）之滨。在今湖南境内。　儃佪（chán huí）：徘徊不前的样子。
⑰如：往、去。
⑱猿狖（yòu）：猿猴类动物。
⑲接舆：春秋时楚国隐士。　髡（kūn）：剃发，古代的刑罚之一。
⑳桑扈（hù）：古代隐士。
㉑以：用。
㉒伍子逢殃：伍子胥，名员（yún），春秋时吴国大夫，以直谏蒙罪，吴王夫差逼其自杀。
㉓比干菹醢（hǎi）：殷纣王的叔父，因直谏，被纣王剖心。菹醢，把人剁成肉酱的酷刑。传说纣王将其大臣梅伯做成了肉酱。
㉔与：通"举"，全部。
㉕董道：正道。　豫：犹豫。
㉖重昏：忧思交错。
㉗露申：植物名，一名瑞香花。
㉘林薄：丛林。
㉙御：进奉。
㉚薄：迫近。
㉛侘傺（chà chì）：失意的样子。

我年幼时就喜欢这奇异的服饰，年高仍一往如故。
我的佩剑闪闪发光，戴了切云之冠高峻突兀。

嵌着明月之珠，镶着珍贵的宝璐。
世道混浊谁可理解，我尽管高视向前，全然不顾。
青虬驾车白螭作骖，我陪着帝舜遨游瑶圃。

登上昆仑山顶，品食精玉。
愿与天地同寿，愿与日月同光。
可叹南方荒蛮无人了解，早晨我渡过了湘水和大江。

登上鄂渚的高岸回首而望，感受秋冬之交的馀风。
暂且将马儿放在山坡，将车儿停在山林中。

乘着篷船我溯上沅江，艄公的大桨一齐击打水波。
船儿却徘徊不进啊，在洄水中旋转荡漾。

早晨从枉渚出发，晚上才到辰阳。
只要我的心地端直刚正，道路僻远那又何妨！

进入溆浦我内心犹豫，迷失道路不知何往。
两岸的山林幽暗阴深，那里只配猿猴居住。

山势高高遮天蔽日，山脚下烟雾多么阴幽。
霰雪纷纷广漠无边，浓云飘荡密布遮空。

可怜我的生涯毫无快乐，幽然独处在深山之中。
我哪能改变初衷跟从俗流，终将因愁苦而终于穷困。

接舆剃发成了隐士，桑扈衣裸赤身而行。
忠诚者未必使用，贤达者未必看重。
伍子胥直言而遭殃，比干进谏而剖心。

列举前贤命运悲惨，为何怪怨当今的俗人？
我将遵守正道毫不犹豫，固然要忧思终身。

尾声：鸾鸟凤凰，日行渐远。
燕雀乌鹊，筑巢堂前。
露申木兰，死在林边。
腥臊并用，芳香弃焉。

阴阳早已颠倒，时势不合心志。
忠信反而失意，我将飘然而逝。

哀 郢

题解

本篇旨在叙述屈原流放在外，哀念楚的国都郢。一说楚顷襄王二十一年（前278）春天，郢都被秦将白起攻破，顷襄王迁都，百姓流离失所，屈原乃以此为背景，在流放陵阳时作了此诗。郢，在今湖北江陵西北。

原诗

皇天不纯命兮①，何百姓之震愆②？
民离散而相失兮，方仲春而东迁③。

去故乡而就远兮，遵江夏以流亡④。
出国门而轸怀兮⑤，甲之朝吾以行⑥。

发郢都而去闾兮⑦，怊荒忽其焉极⑧？
楫齐扬以容与兮，哀见君而不再得。

望长楸而太息兮，涕淫淫其若霰。
过夏首而西浮兮⑨，顾龙门而不见⑩。

心婵媛而伤怀兮⑪，眇不知其所蹠⑫。
顺风波以从流兮，焉洋洋而为客⑬。

凌阳侯之泛滥兮⑭，忽翱翔之焉薄⑮。
心结结而不解兮⑯，思蹇产而不释⑰。

将运舟而下浮兮,上洞庭而下江。
去终古之所居兮,今逍遥而来东。

羌灵魂之欲归兮,何须臾而忘反?
背夏浦而西思兮,哀故都之日远。

登大坟而远望兮⑱,聊以舒吾忧心。
哀州土之平乐兮,悲江介之遗风⑲。

当陵阳之焉至兮⑳,淼南渡之焉如㉑?
曾不知夏之为丘兮㉒,孰两东门之可芜?

心不怡之长久兮,忧与愁其相接。
惟郢路之辽远兮,江与夏之不可涉。

忽若去不信兮,至今九年而不复。
惨郁郁而不通兮,蹇侘傺而含戚㉓。

外承欢之汋约兮㉔,谌荏弱而难持㉕。
忠湛湛而愿进兮㉖,妒被离而鄣之㉗。

彼尧舜之抗行兮㉘,瞭杳杳其薄天㉙。
众谗人之嫉妒兮,被以不慈之伪名㉚。

憎愠惀之修美兮㉛,好夫人之慷慨㉜。
众踥蹀而日进兮㉝,美超远而逾迈㉞。

乱曰:曼余目以流观兮㉟,冀壹反之何时?

鸟飞反故乡兮,狐死必首丘㊱。
信非吾罪而弃逐兮㊲,何日夜而忘之㊳!

注释

①不纯命:指上天喜怒无常。
②震愆:恐惧而遭殃。
③仲春:夏历二月。在此似应指楚顷襄王二十一年的二月。 东迁:指楚的国都东迁到陈(今河南淮阳)。
④江夏:江,指长江;夏,指长江的支流夏水。在今湖北境内。
⑤轸(zhěn)怀:痛心。
⑥甲之朝:甲日这一天的早晨。
⑦闾:村寨的门。指家乡。
⑧怊(chāo):忧愁。 荒忽:指因忧愁而昏乱。
⑨西浮:指舟船转而西行。一说从郢东迁,西浮乃是心思向西,表恋恋不舍之意。
⑩龙门:城的东门。
⑪婵媛:眷恋的心态。
⑫蹠(zhí):踏。指心思恍惚双脚行迈不定。
⑬焉:于是。 洋洋:漂泊不定的样子。
⑭凌:登。 阳侯:波浪之神。
⑮忽:飘忽不定的样子。 焉薄:在哪里停泊?薄,通"泊"。
⑯絓(guà)结:牵挂郁结。
⑰蹇产:曲折。在此指愁思不释之状。
⑱大坟:水边高地。
⑲江介:长江两岸。介,岸边。
⑳陵阳:今安徽省陵阳镇,是屈原此次向东流放的终点。
㉑如:至。
㉒曾:不料,竟然。
㉓侘傺:失意的样子。
㉔汋(chuò)约:同"绰约",柔美和顺的样子。
㉕湛(chén):诚然。 荏(rěn)弱:软弱。 持:通"恃",依靠。
㉖湛湛(zhàn):淳厚朴实的样子。
㉗鄣:同"障",遮蔽,阻碍。
㉘抗行:高尚的行为。抗,通"亢",高尚。
㉙薄:接近。
㉚不慈:对子女不加爱惜。指尧舜末将帝位传给他们的儿子,被逸人指责为不慈。
㉛愠惀(wěn lún):忠诚的样子。
㉜夫:那,那些。 慷慨:在此指巧言令色,与"愠"相反。
㉝踥蹀(qiè dié):小步快走,表示尊敬的样子。在此指奉迎媚上。

㉞美：美德。在此代指秉持美德的人，为屈原自比。
㉟曼：伸展。
㊱首丘：头向山丘。首用作动词。
㊲信：确实。
㊳之：指郢都。

  皇天啊反复无常，为何令百姓震恐遭殃？
  人们离散而相失，正值春耕时迁往东方。

  离开故地流浪他乡，沿着江夏之水逃奔。
  走出都门我痛心疾首，甲日早晨我启程而行。

  从郢都出发背井离乡，愁思荒忽无穷无尽。
  船桨齐扬行程缓缓，可哀啊难见我君。

  回望乡梓长声叹息，涕泪不绝飘如雪霰。
  船过夏首转而西行，返顾东门早已不见。

  心中恋恋伤我胸怀，眇茫前程如何前行。
  顺着风波任意漂流吧，从此作沦落天涯之人。

  登上滔滔掀起的波峰，飘忽飞翔何处是前程？
  内心郁结难以解结，愁肠迂曲缠绕不清。

  即将乘舟再往前行，过了洞庭进入大江之中。
  离开祖先世居之地，而今飘转踉跄向东。

  灵魂牵绕本欲归去，何曾一刻忘记返乡？
  背离夏浦令我眷恋，哀叹故都渐行渐远。

  登上高坡极目西望，聊以舒缓悠悠愁心。
  哀想故宇昔日安乐，悲思大江两岸遗风。

  前面的陵阳何时可到？远远南渡又要何往？
  不曾料郢都变为丘墟，又哪知东门也会荒凉。

  心中不欢久久不怿，忧愁接续前后相承。

郢都的归路日渐辽远,长江夏水阻断回程。

光阴迅逝难以置信,至今九年故都未返。
惨郁之心难以释通,失意困顿愁眉不展。

外表恭顺体态绰约,实质柔弱难以凭恃。
忠心耿耿为君效力,反遭谗妒疏远障蔽。

尧舜的节操多么高尚,就似日月照耀高接云层。
众谗人将他们嫉妒,蒙受了不慈的恶名。

憎恨忠臣的高风美德,反好谗人的巧言令色。
小人献媚反而渐渐高升,君子高远反被疏远。

尾声:我纵目四方遥遥而望,希冀返归不知时日。
鸟儿倦飞尚归故乡,狐狸临死头朝出生的丘岗。
我本无罪却被放逐,眷怀故土的痴心何日可忘!

惜往日

【题解】

这首诗当是屈原的绝命之辞。诗中回想了作者尽忠而被谗的不幸遭遇和被谗后遭到放逐却愈加刚正的伟大形象。

【原诗】

惜往日之曾信兮,受命诏以昭时①。
奉先功以照下兮②,明法度之嫌疑③。

国富强而法立兮,属贞臣而日娭④。
秘密事之载心兮⑤,虽过失犹弗治⑥。

心纯庞而不泄兮⑦,遭谗人而嫉之⑧。
君含怒以待臣兮,不清澈其然否。

蔽晦君之聪明兮⑨,虚惑误又以欺。

弗参验以考实兮,远迁臣而弗思。
信谗谀之混浊兮,盛气志而过之⑩。

何贞臣之无罪兮,被离谤而见尤⑪?
惭光景之诚信兮⑫,身幽隐而备之⑬。

临沅湘之玄渊兮⑭,遂自忍而沉流⑮。
卒没身而绝名兮⑯,惜壅君之不昭⑰。

君无度而弗察兮,使芳草为薮幽⑱。
焉舒情而抽信兮⑲,恬死亡而不聊⑳。
独鄣壅而蔽隐兮㉑,使贞臣而无由㉒。

闻百里之为虏兮㉓,伊尹烹于庖厨㉔。
吕望屠于朝歌兮㉕,宁戚歌而饭牛㉖。
不逢汤武与桓缪兮㉗,世孰云而知之?

吴信谗而弗味兮㉘,子胥死而后忧。
介子忠而立枯兮㉙,文君寤而追求。
封介山而为之禁兮㉚,报大德之优游㉛。
思久故之亲身兮,因缟素而哭之。

或忠信而死节兮㉜,或訑谩而不疑㉝。
弗省察而按实兮,听谗人之虚辞。
芳与泽其杂糅兮,孰申旦而别之㉞?

何芳草之早殀兮,微霜降而下戒。
谅聪不明而蔽壅兮㉟,使谗谀而日得。

自前世之嫉贤兮,谓蕙若其不可佩。
妒佳冶之芬芳兮,嫫母姣而自好㊱。

虽有西施之美容兮㊲，谗妒入以自代㊳。

愿陈情以白行兮，得罪过之不意㊴。
情冤见之日明兮，如列宿之错置㊵。

乘骐骥而驰骋兮，无辔衔而自载㊶。
乘氾泭以下流兮㊷，无舟楫而自备。
背法度而心治兮，辟与此其无异。

宁溘死而流亡兮，恐祸殃之有再。
不毕辞而赴渊兮㊸，惜壅君之不识。

①昭时：指屈原被信任时抱负远大。
②先功：先王的功业。
③嫌疑：在此意为决断嫌疑。
④属：嘱托。 娭：同"嬉"。
⑤载心：指屈原坚持原则，把秘事放在心上。
⑥治：追究。
⑦纯庞：纯厚。
⑧逸人：指楚顷襄王的弟弟子兰等人。 令尹，楚国的最高行政长官。
⑨聪明：耳和目。
⑩过：责罚，加罪。
⑪见尤：被指责。
⑫光景：光和影。比喻君臣关系。景，同"影"。
⑬备：同"避"。
⑭玄渊：深渊。
⑮沉流：指投江自尽。
⑯卒：终于，最终。
⑰壅（yōng）君：使君王（指楚顷襄王）受蒙蔽。壅在此为使动用法。
⑱薮：长着杂草的湖泊。
⑲焉：哪里能够。 抽信：逐条申述。信，通"伸"。在此为表达之意。
⑳恬：安然、坦然。 不聊：不苟且偷生。
㉑鄣壅：隐蔽。指楚王受人蒙蔽。鄣，同"障"。
㉒无由：指没有通向君王之路。

㉓百里之为虏：春秋时，虞国大夫百里奚，在晋献公灭虞国时被俘，并作为陪嫁的奴隶送给秦国，反被秦穆公重用。
㉔伊尹：商汤的贤相。相传他在一小国做奴隶时，因善烹调被商汤重视，被任为相，助商灭夏。 庖（pāo）厨：厨房。
㉕吕望：姜太公。传说他早年在商都朝歌（今河南淇县）宰牛为生，后垂钓在渭水之滨，遇到周文王，才被重用，助周灭商。
㉖宁戚：春秋时卫国人。相传他在齐国贩牛，有一夜喂牛时看到齐桓公经过，就敲着牛角唱歌，感叹怀才不遇。桓公听出来他是贤人，就邀他同车回朝，受到重用。
㉗缪：通"穆"，指秦穆公，春秋五霸之一。
㉘吴：指吴王夫差。他听信太宰伯嚭（pǐ）的谗言，逼迫忠臣伍子胥自杀。
㉙介子：春秋时晋国人介子推。他追随晋公子重耳（即后来的晋文公）流亡十九年。重耳成为国君后，却忘了赏赐介子推。介子推与其母隐居绵山。晋文公想起介子推的功劳，要加封于他，介子推却拒不受封赏。重耳便放火烧山，企图逼其出来。不料介子推却与母亲抱树而死。
㉚封介山：指晋文公将绵山的土地封为介子推的祭田。 为之禁：指为了纪念介子推而在他的祭日那天禁烟火，只吃冷饭，此日即后来的寒食节。约在每年清明节之前的一天或二天。
㉛大德：相传晋文公流亡在外，曾没饭吃，介子推就割下自己的股肉给他吃。 优游：宽大的样子。
㉜或：有的人。
㉝讪谩（dàn mán）：欺诈。
㉞申旦：天天。申，重复。
㉟谅：的确，实在。
㊱嫫（mó）母：传说是古代丑妇。 姣（jiāo）而自好：指嫫母卖弄风骚自爱自怜，以为天下最美。
㊲西施：春秋时越国美女，被越王勾践献给吴王夫差。在此代指贤臣，属屈原自比。
㊳自代：喻谗臣进言，受到宠信，忠臣被排除在君王之外。
㊴不意：不在意料之中。
㊵列宿（xiù）：群星。 错置：交错排列。比喻屈原的冤情如星月一样明白。
㊶辔（pèi）衔：马缰绳和马嚼子。 自载：徒手驾驭马车。
㊷乘氾洑（fàn fú）：乘上漂流的木筏。氾，同"泛"；洑，同"桴"，木筏。
㊸赴渊：指屈原效彭咸投水自沉，以明志节坚贞。

痛惜啊我曾受到信任，秉承王命欲使政治清明。
依靠先王的业绩治理天下，法度明确无可怀疑。

国家富强法纪立定，臣下忠贞普天太平。
秘事重大时时操心，虽有小失可免严惩。

心地仁厚不泄机密，反而遭受谗人嫉妒。

君王大怒责备为臣，不愿辨清是非曲直。

君王耳目既受遮蔽，虚惑纷扰备受蒙欺。
不肯考察检验实情，将我远放不加深思。
谗言阿谀使君混沌，盛气之下强加罪过。

为何忠贞而无错，反遭受诽谤而指责？
惭对阳光多么诚信，暂且隐身幽暗而避祸。

面临湘沅二水的深渊，我数下决心赴水而亡。
哪管最终名随身去，只惜君王再难清醒。

君王失算不察根由，致使芳草深处泽薮之幽。
何处能够伸张冤屈，安然死去吧不愿偷生。

只是君王受欺忠臣远隐，使我无由表达烦愁。
听说百里奚曾做过俘虏，伊尹曾在厨房为奴。

吕望鼓刀在朝歌，宁戚哼着曲儿喂牛。
假使不逢汤、武、桓、穆，世人谁知他们的英名？

吴王夫差信谗而不辨，伍子胥死后顿生亡国之忧。
介子推忠直却抱树烧死，晋文公醒悟方才追求。
封赠介山严禁烟火，回报大恩多么宽优。
思念故旧的亲身经历，因此身穿缟素而哭吊。

有的人为忠信之节而死，有的人欺诈而不受怀疑。
不曾细察而考求实际，宁可听信谗人的虚辞。
芳草与污垢杂糅为一体，谁可天天细心辨别？

为何芳草这样早衰？只因为对微霜不曾有戒。
委实是君王蒙受蔽欺，促使谗谀之言日益得逞。

从来就是佞人嫉贤妒能，反说蕙若不可带佩。
嫉妒其美色和芬芳，嫫母卖弄自吹自擂。

虽有西施的美丽容颜，却加以谗妒之言自我取代。

心想将真相自行表白，无故获罪真是意外。
冤情历久日渐分明，犹如星宿自有安排。
乘着骏马而任意奔驰，不用缰绳而徒手驾驭。
乘着竹筏而顺水漂流，不用舟楫而毫无戒备。
不守法度而自出心裁，与此相比而并无差异。

宁愿速死而顺水漂流，只怕祸患随后又来。
不曾倾诉完毕即刻投水，可惜君王终不明白！

思美人

题解 本篇描述屈原被放逐后对楚王的怀念，实为表现屈原对其理想的不懈追求。美人，在本篇应代指楚王。

原诗

思美人兮，揽涕而伫眙①。
媒绝路阻兮②，言不可结而诒。

蹇蹇之烦冤兮③，陷滞而不发。
申旦以舒中情兮④，志沉菀而莫达⑤。

愿寄言于浮云兮，遇丰隆而不将⑥。
因归鸟而致辞兮，羌迅高而难当。

高辛之灵晟兮⑦，遭玄鸟而致诒⑧。
欲变节以从俗兮，愧易初而屈志。

独历年而离愍兮⑨，羌冯心犹未化⑩。
宁隐闵而寿考兮⑪，何变易之可为。

知前辙之不遂兮，未改此度。
车既覆而马颠兮，蹇独怀此异路。

勒骐骥而更驾兮,造父为我操之⑫。
迁逡次而勿驱兮⑬,聊假日以须时。
指嶓冢之西隈兮⑭,与纁黄以为期⑮。

开春发岁兮,白日出之悠悠。
吾将荡志而愉乐兮⑯,遵江夏以娱忧⑰。

揽大薄之芳茝兮⑱,搴长洲之宿莽⑲。
惜吾不及古之人兮,吾谁与玩此芳草?

解萹薄与杂菜兮⑳,备以为交佩。
佩缤纷以缭转兮,遂萎绝而离异。

吾且徘徊以娱忧兮,观南人之变态㉑。
窃快在其中心兮,扬厥凭而不竢㉒。
芳与泽其杂糅兮,羌芳华自中出。

纷郁郁其远烝兮㉓,满内而外扬。
情与质信可保兮,羌居蔽而闻章。

令薜荔以为理兮,惮举趾而缘木㉔。
因芙蓉以为媒兮,惮褰裳而濡足㉕。

登高吾不说兮,入下吾不能固㉖。
朕形之不服兮,然容与而狐疑㉗。

广遂前画兮㉘,未改此度也。
命则处幽吾将罢兮㉙,愿及白日之未暮也。
独茕茕而南行兮,思彭咸之故也㉚。

①眙(chì)：直视的样子。
②媒：指向楚王捎信的人。
③謇謇(jiǎn)：尽忠进言的样子。
④申旦：天天，每天。
⑤沉菀(yùn)：沉积。
⑥丰隆：云神。
⑦高辛：古帝名，即帝喾(kù)。 晟(shèng)：日光炽照状。形容帝德之盛。
⑧玄鸟：燕子。古人以为燕子可送信。
⑨离慜(mǐn)：遭遇忧病。
⑩冯心：以心为凭，即师心自用。冯，同"凭"。
⑪隐闵：默默无闻。
⑫造父：传说是给周穆王驾车的人，以善驾车而出名。
⑬逡次：同"逡巡"，欲进不进，迟疑不决的样子。
⑭嶓冢：山名，汉水发源地。一说在甘肃天水，一说在陕西宁强。 隈(wēi)：角落。
⑮纁黄：日落时红黄交织的颜色。
⑯荡志：心志摇荡，不受意念控制。
⑰遵：沿着。 江夏：地名。在今湖北境内。
⑱大薄：水草茂密之地。 茝(zhǐ)：香草名。
⑲宿莽：一种经冬不死之草。
⑳萹(biān)薄：泛指野草丛。萹即萹蓄草。
㉑南人之变态：当指沅湘一带人的舞蹈
㉒厥凭：指屈原赖以支撑的理想信念。厥，那。凭，凭恃。
㉓烝(zhēng)：兴旺貌。在此形容芳气浓烈。
㉔缘木：过木桥。在此比喻为媒介。
㉕褰(qiān)裳：撩起下衣过河。
㉖固：久居。
㉗容与：迟疑不决的样子。
㉘前画：指以往的志向。
㉙罢(pí)：疲劳。指屈原已厌倦人生。
㉚彭咸：相传为殷朝大夫，因进谏不被采纳，乃投水殉志。

思念君王啊，我拭泪伫望。
信使断绝道路阻隔，进忠的言语难以呈上。

忠直进谏引人烦冤，犹如船儿陷滞难以进发。
终日借以舒展中情，沉结之志无由上达。

但愿寄情于浮云，遇到丰隆他不愿带信。
借归鸟前往呈辞，它高飞迅疾难以相逢。

高辛氏之灵如日炽盛，本想托玄鸟表达中心。
变易初志令我惭愧，又想变节而屈从世情。

独自多年蒙受诟病，所幸凭心处事未曾转化。
宁可隐没以终天年，怎能做轻率变节的行为。

料知遵循前贤不能遂愿，内心坚定不改此度。
车已翻覆马已颠仆，独自坚持这条异路。

勒住骐骥更换车驾，令造父为我御车。
进退反复且勿前行，聊借天日等待时机。
指望开向嶓冢山隅，约好黄昏之时作为佳期。

开春时节一岁之首，日出东山光耀悠悠。
欲乘良机纵情愉乐，沿着江夏之水排遣忧愁。

采集了泽薮的芳芷，揽举着长洲的宿莽。
只惜不及与古人同世，能与谁同赏芳草？

解下蒿薄和杂花，准备以后交相戴佩。
满身的花草缤纷缭绕，枯萎凋零的随时抛弃。

姑且徘徊安慰忧伤之心，静观南国人民的舞态。
私下畅快乐在心中，扬弃初志不欲等待。
香花与野草混杂一体，美花露出恶草之外。

芳香播撒沁人心脾，中心盈满往外发扬。
内质外情真俱不受损，居处偏僻声名显彰。

令薜荔作为媒理，又怕其举足俱受损。
令芙蓉作为媒理，又怕其淌水将足沾湿。

登高而望我心不悦，返归而思我难久住。

我的形体不服水土，满心犹豫狐疑不决。

广泛回思从前的志向，到死不愿改变初衷。
命中处幽身体疲弊，愿及未暮及时娱心。
形只影单踉跄南行，只想将先贤彭咸遵从。

抽　思

【题解】 本篇当为屈原被流放汉北一带时，感叹秋风顿起，长夜漫漫，因而表达其忧伤怨愤的心情。抽，清理头绪。思，哀怨的情思。

【原诗】

心郁郁之忧思兮，独永叹乎增伤。
思蹇产之不释兮①，曼遭夜之方长。

悲秋风之动容兮，何回极之浮浮②！
数惟荪之多怒兮③，伤余心之忧忧。

愿遥起而横奔兮④，览民尤以自镇⑤。
结微情以陈词兮，矫以遗夫美人⑥。

昔君与我成言兮，曰"黄昏以为期"。
羌中道而回畔兮⑦，反既有此他志。

憍吾以其美好兮⑧，览余以其修姱。
与余言而不信兮，盖为余而造怒⑨?

愿承间而自察兮⑩，心震悼而不敢。
悲夷犹而冀进兮，心怛伤之憺憺⑪。

兹历情以陈辞兮，荪详聋而不闻。
固切人之不媚兮⑫，众果以我为患。

初吾所陈之耿著兮,岂至今其庸亡⑬?
何独乐斯之謇謇兮⑭,愿荪美之可完。

望三五以为像兮⑮,指彭咸以为仪⑯。
夫何极而不至兮⑰,故远闻而难亏。

善不由外来兮,名不可以虚作。
孰无施而有报兮,孰不实而有获?

少歌曰⑱:与美人抽思兮,并日夜而无正⑲。
憍吾以其美好兮,敖朕辞而不听⑳。

倡曰㉑:有鸟自南兮,来集汉北㉒。
好姱佳丽兮,牉独处此异域㉓。
既惸独而不群兮㉔,又无良媒在其侧。
道卓远而日忘兮,愿自申而不得。
望北山而流涕兮㉕,临流水而太息。

望孟夏之短夜兮,何晦明之若岁㉖?
惟郢路之辽远兮㉗,魂一夕而九逝!

曾不知路之曲直兮,南指月与列星。
愿径逝而未得兮,魂识路之营营。

何灵魂之信直兮,人之心不与吾心同。
理弱而媒不通兮㉘,尚不知余之从容㉙。

乱曰:长濑湍流㉚,溯江潭兮。
狂顾南行,聊以娱心兮。

轸石崴嵬㉛,蹇吾愿兮㉜。
超回志度㉝,行隐进兮㉞。

低回夷犹,宿北姑兮㉟。
烦冤瞀容㊱,实沛徂兮㊲。

愁叹苦神,灵遥思兮。
路远处幽,又无行媒兮。

道思作颂,聊以自救兮。
忧心不遂,斯言谁告兮。

①蹇产:曲折的样子。
②回极:北极星。 浮浮:指北极星运转,比喻时间长久。
③数(shuò):屡次。 荪:香草名。喻楚怀王。
④遥起:疾起,垂直而起。
⑤尤:罪,苦难。
⑥美人:喻楚怀王。
⑦回畔:翻悔。畔,通"叛"。
⑧桥:同"骄"。 其:他。指楚怀王。
⑨盍:通"盍","为何"的合音。
⑩自察:自我表白。
⑪怛(dá):悲伤。 憺憺(dàn):通"惔惔"(tán),火烧的样子。在此指忧心如焚。
⑫切人:诚实而直率的人。
⑬庸:乃,就。 亡:通"忘"。
⑭謇謇(jiǎn):忠直敢言。
⑮三五:指三王(夏禹、商汤、周文王)、五霸(春秋时先后称霸的齐桓公、晋文公、秦穆公、宋襄公、楚庄王)。 像:榜样。下句中"仪"同此意。
⑯彭咸:相传为殷代大夫,因劝谏国君的意见不被采纳,乃投水而死。
⑰极:遥远的目的地,在此喻目标。
⑱少(shǎo)歌:乐章名,一作小歌。
⑲正:同"证"。
⑳敖:通"傲"。在此作动词。 朕:我,我的。
㉑倡:同"唱"。音乐章节名。表示另起一层。

㉒汉北：汉水的北部，在今湖北北部。
㉓泮（pàn）：分离。
㉔惸（qióng）：同"茕"，孤独。
㉕北山：当指郢都附近的山名。
㉖晦明：天黑叫晦，天亮叫明，合称之指一夜。
㉗郢路：前往郢都的道路。
㉘理：使者，媒人，指前面提到的良媒，比喻替屈原向楚王说情的人。
㉙从容：举止行为。在此代指屈原急于归去的心情。
㉚濑（lài）：浅滩。在此指缓缓的江水，与下文的"湍流"相对。
㉛轸（zhěn）石：怪石。 崴嵬（wēi wéi）：突兀不平的样子。
㉜蹇：阻碍。
㉝超回：指返回汉北或南返故乡的行动。
㉞行隐：前行或止步。 进：不可解，疑为"难"的误写。意为难于作出回乡或留在汉北的决断。
㉟北姑：地名。当在汉北。
㊱瞀（mào）：心绪烦乱。
㊲沛徂（cú）：颠沛流离。

　　我的心忧思郁闷，独自长叹倍增悲伤。
　　愁绪缠绕难以解脱，遭逢秋夜漫漫悠长。

　　秋风劲吹悲叹景色萧瑟，北极星也在摇摇浮荡。
　　反复忆及君王善于动怒，使我内心忧愁痛伤。

　　愿扶摇直起狂奔而去，遍览民瘼却又自镇自忍。
　　理清了细微之情用以陈词，高举着献给心中的美人。

　　君王与我曾经讲定，相见的佳期约在黄昏。
　　不料您中途背弃前约，返程中已经产生贰心。

　　将您的姣好向我夸耀，将您的修美向我展陈。
　　与我相约却无诚信，为何对我大怒冲冲？

　　愿乘机表白反省之情，内心惊恐又不敢直言。
　　悲情犹豫希望进谏，心中的创伤好似火炭。

　　历数此情谨慎陈词，君王竟然充耳不闻。

正直之人怎愿献媚，众谗人说我是祸根。

起初的陈述耿直无私，难道您已忘却我的真情？
为何我独好忠直不变，只愿您的美德光辉无前。

望三王五霸是您的榜样，宁愿彭咸作我的样板。
什么目的不能达到？美名远播谗毁岂能亏损？

善性不是生后养成，名誉不可矫揉造作。
谁不施舍即有回报？谁不耕耘即有收获？

短歌：向美人屡陈愁思啊，昼夜之间无人作证。
他自恃美貌向我示骄，我的真言敖然不听。

唱道：一只鸟儿来自南方，飞栖在汉北的树上。
鸟儿多么美好啊，可怜离群独处在他乡。
形单影只孤傲不群，又无良媒在他身旁。
归路遥远渐被遗忘，心愿申诉却又难言。
遥望北山抛洒热泪，身临流水叹息连连。

孟夏已近夜儿短暂，为何昼夜转换就似过年？
回乡之路多么辽远，魂魄一夜逝去九遍。

灵魂不知归路曲折，依照南天的星月指路行进。
只想径直而去却未如愿，夜半识路多么艰辛。

灵魂是多么的信直啊，别人的心意与我不同。
媒理拙弱不善通问，君王难知我的情形。

尾声：经历缓流和急湍，逆江潭之水前进。
往南而行频频回首，聊以宽慰枯竭之心。

怪石峥嵘又高大，阻碍我回家的愿望。
反复考虑进退之策，回归滞留颇费思量。

犹豫徘徊踌躇难决，暂住在北姑这个地方。
眉头紧蹙心绪烦乱，实在因为道阻且长。

愁闷长叹苦苦劳神,灵魂遥遥想念故乡。
归路漫漫深处幽僻,又无良媒为我远行。

一路哀思而作此诗,聊以自释困苦之心。
此心终不顺遂如愿,牢骚言语告谁听闻?

怀 沙

题解

此篇为屈原自投汨罗江前的绝命诗。怀沙,即怀抱沙石自沉水中。一说"沙"指长沙,是屈原在流放途中怀念长沙之辞,与《哀郢》相近。

原诗

滔滔孟夏兮,草木莽莽。
伤怀永哀兮,汩徂南土①。

眴兮杳杳②,孔静幽默③。
郁结纡轸兮④,离愍而长鞠⑤。
抚情效志兮⑥,冤屈而自抑。

刓方以为圜兮⑦,常度未替⑧。
易初本迪兮⑨,君子所鄙。
章画志墨兮⑩,前图未改。

内厚质正兮,大人所盛⑪。
巧倕不斫兮⑫,孰察其揆正⑬?

玄文处幽兮⑭,矇瞍谓之不章⑮。
离娄微睇兮⑯,瞽以为无明⑰。

变白以为黑兮,倒上以为下。
凤皇在笯兮⑱,鸡鹜翔舞⑲。

同糅玉石兮,一概而相量。
夫惟党人之鄙固兮,羌不知吾所臧⑳。

任重载盛兮,陷滞而不济。
怀瑾握瑜兮,穷不知所示。

邑犬群吠兮,吠所怪也。
非俊疑杰兮,固庸态也。

文质疏内兮,众不知余之异采。
材朴委积兮㉑,莫知余之所有。

重仁袭义兮㉒,谨厚以为丰。
重华不可遌兮㉓,孰知余之从容。

古固有不并兮㉔,岂知其何故。
汤禹久远兮,邈不可慕也。

惩违改忿兮㉕,抑心而自强。
离愍而不迁兮㉖,愿志之有象。

进路北次兮㉗,日昧昧其将暮。
舒忧娱哀兮㉘,限之以大故㉙。

乱曰:浩浩沅湘,分流汩兮。
修路幽蔽,道远忽兮。

怀质抱情,独无匹兮。
伯乐既没,骥焉程兮㉚?

民生禀命，各有所错兮㉛。
定心广志，余何畏惧兮！

曾伤爰哀㉜，永叹喟兮。
世溷浊莫吾知，人心不可谓兮。

知死不可让㉝，愿勿爱兮㉞。
明告君子，吾将以为类兮㉟。

注释

①汩：船行貌。 徂(cú)：往。在此指溯湘水而上。 南土：指湘沅流域的南楚之地。
②眴(shùn)：目移动远视的样子。
③孔：很。 默：无声。
④纡轸：指内心委屈沉痛。
⑤离愍：遭受创痛。 鞠：穷。指途穷末路。
⑥抚情效志：指追思并考察以往的情志，看是否有过失，是自省。效，核对之意。
⑦圜：同"圆"。
⑧替：废弛。
⑨本迪：本，常也。迪，道也。
⑩章画：使所画的明确。 志墨：不忘绳墨。
⑪晟(shèng)：同"盛"。光明炽盛的样子。
⑫鹙：上古的巧匠之名。
⑬揆(kuí)正：经度量而后使端正。
⑭玄文：墨色的纹理。
⑮矇瞍：盲人。 章：同"彰"，明亮。
⑯离娄：相传为古代眼睛明亮之人。
⑰瞽：盲人。
⑱笯(nú)：鸟笼。
⑲鹜(wù)：鸭子。
⑳臧(zāng)：善。
㉑材朴：未经雕斫的木材。
㉒袭：重视。
㉓重华：帝舜。 遌(è)：同"迕"，相逢。
㉔不并：指一时不出两位圣贤。
㉕惩违改忿：强改过错。
㉖愍(mǐn)：忧患。
㉗北次：住在往北行进的客栈。次，住。

㉘娱哀:使哀痛得到缓解。
㉙限之以大故:因生命大限的缘故。大限即生命的终止。
㉚焉:哪里。 程:计量前程。
㉛错:同"措",置,指人的命运的安排。
㉜曾(zēng):增加。
㉝让:辞让,避开。
㉞爱:爱惜。指惜命。
㉟类:法。即以上言为法,投水明志。

初夏季节水滔滔,湘水两岸草木长。
胸怀感伤仰天叹,小舟逆行向南方。

遥遥远视何苍苍,万籁俱寂心傍徨。
忧伤郁结实难忘,遭受创痛末路旁。
回思情志及理想,虽感冤屈又何妨?

变方为圆,志向坚定。
改弦更张,君子鄙夷。
遵守绳墨,不易前志。

内心淳厚本质方正,圣贤大德如阳之盛。
巧倕灵通不曾运斧,怎知他合乎端正?

墨纹深处在幽暗,朦瞍却说它不明。
离娄睁眼微视,有人说他没有眼睛。

白色硬说成黑,高处颠倒成低。
凤凰困在笼里,鸡鸭既舞又飞。

玉石杂糅在一起,一概等同不加区辨。
只因党人们的鄙陋,哪知我本质为善。

责任重而负载多,船行陷滞难以为济。
怀抱瑾手握玉,穷途末路献给谁?

村犬群起吠叫,那是少见多怪。
谤议俊才和雄杰,固是庸人之态。

外表文静内质通达，俗人岂知我的异禀。
材积丰富不被任用，谁也不知我的本领。

重视仁义的修养，以谦谨淳厚为丰足。
重华遥遥不可逆寻，谁可察知我的内心。

古圣贤不并世而生，哪里知道其中原因。
商汤和夏禹也已久远，邈远不见真容。

接受教训不容发怒，抑制心志发奋自强。
遭受谤伤不改志向，只想有圣贤作榜样。

前进的路上暂且小驻，太阳黯淡天色将暮。
舒展心境排遣忧虑，人生有限何必执固。

尾声：浩浩沅湘水，分道流汨汨。
长路已幽蔽，道远飘忽忽。

怀质而抱情，人间独无匹。
伯乐既已死，良马哪可识。

人生各有命，星辰各有位。
定心而广志，我心有何畏？

徒增悲和哀，久久长感喟。
世乱谁知我？人心不可述。

知死不可避，宁死不爱惜。
明告古君子，将引为同类。

悲回风

题解 此篇抒发屈原政治理想无法实现，反遭陷害放逐的悲哀之情。回风：旋风。

原诗

悲回风之摇蕙兮，心冤结而内伤。

物有微而陨性兮,声有隐而先倡。

夫何彭咸之造思兮①,暨志介而不忘?
万变其情岂可盖兮,孰虚伪之可长!

鸟兽鸣以号群兮,草苴比而不芳②。
鱼葺鳞以自别兮③,蛟龙隐其文章。
故荼荠不同亩兮④,兰茝幽而独芳。

惟佳人之永都兮⑤,更统世以自贶⑥。
眇远志之所及兮,怜浮云之相羊⑦。
介眇志之所惑兮⑧,窃赋诗之所明⑨。

惟佳人之独怀兮,折芳椒以自处。
曾歔欷之嗟嗟兮,独隐伏而思虑。
涕泣交而凄凄兮,思不眠以至曙。
终长夜之曼曼兮,掩此哀而不去。

寤从容以周流兮,聊逍遥以自恃。
伤太息之愍怜兮⑩,气於邑而不可止⑪。

纠思心以为纕兮⑫,编愁苦以为膺⑬。
折若木以蔽光兮⑭,随飘风之所仍。

存仿佛而不见兮⑮,心踊跃其若汤⑯。
抚佩衽以按志兮⑰,超惘惘而遂行⑱。

岁忽忽其若颓兮⑲,时亦冉冉而将至。
蘋蘅槁而节离兮⑳,芳已歇而不比㉑。

079

怜思心之不可惩兮，证此言之不可聊㉒。
宁溘死而流亡兮，不忍此心之常愁。

孤子唫而抆泪兮㉓。放子出而不还。
孰能思而不隐兮㉔，昭彭咸之所闻㉕。

登石峦以远望兮，路眇眇之默默。
入景响之无应兮，闻省想而不可得。

愁郁郁之无快兮，居戚戚而不可解。
心鞿羁而不开兮㉖，气缭转而自缔。

穆眇眇之无垠兮㉗，莽茫茫之无仪。
声有隐而相感兮，物有纯而不可为。

邈漫漫之不可量兮，缥绵绵之不可纡。
愁悄悄之常悲兮，翩冥冥之不可娱㉘。
凌大波而流风兮，托彭咸之所居。

上高岩之峭岸兮，处雌蜺之标巅㉙。
据青冥而摅虹兮，遂倏忽而扪天。

吸湛露之浮凉兮，漱凝霜之雰雰㉚。
依风穴以自息兮，忽倾寤以婵媛。

冯昆仑以澄雾兮㉛，隐岷山以清江㉜。
惮涌湍之磕磕兮㉝，听波声之汹汹。

纷容容兮之无经兮㉞，罔芒芒之无纪。
轧洋洋之无从兮㉟，驰委移之焉止㊱？

漂翻翻其上下兮，翼遥遥其左右㊲。
氾潏潏其前后兮㊳，伴张弛之信期。

观炎气之相仍兮㊴，窥烟液之所积㊵。
悲霜雪之俱下兮，听潮水之相击。

借光景以往来兮，施黄棘之枉策㊶。
求介子之所存兮㊷，见伯夷之放迹㊸。

心调度而弗去兮，刻著志之无适㊹。
曰：吾怨往昔之所冀兮，悼来者之悇悇㊺。

浮江淮而入海兮，从子胥而自适㊻。
望大河之洲渚兮，悲申徒之抗迹㊼。

骤谏君而不听兮，任重石之何益。
心絓结而不解兮㊽，思蹇产而不释㊾。

①造思：指彭咸投水殉志的想法。
②苴（chá）：枯草。
③菁鳞：重叠积累。
④荼荠（tú jì）：苦菜和荠菜—苦—甜，秉性相反。
⑤佳人：屈原自比。 都：美。
⑥更：历，经历。 统世：传世。指历代遗传馀荫。 自貺（kuàng）：指屈原承袭祖先恩泽，从而努力修养。
⑦相羊：同"徜徉"，徘徊。在此指浮云飘动的样子。
⑧介：独特。
⑨窃：私下里。
⑩愍（mǐn）怜：哀怜。
⑪於（wū）邑：形容抽泣呜咽之声。
⑫纠（jiū）：编结。 纕（xiāng）：佩带。
⑬膺：胸。在此指护胸的物品。
⑭若木：神木名。传说为太阳降落处。
⑮存：代指屈原的痛苦经历。

⑯汤：滚开的水。
⑰按志：压制着情绪。
⑱超：超迈。指行进的状态。
⑲窅窅（hū）：迷离惝惚的样子。
⑳蘋蘅：草名。蘋为秋生之草，蘅为香草。比喻屈原的生命似蘋蘅这样的秋草，虽香而近于枯灭。
㉑比：合。
㉒聊：赖。在此指谗言不可信赖。
㉓唫（yín）：古"吟"字。
㉔隐：痛。
㉕昭：明。在此似为光大之意。 闻：在此指彭咸以死殉志而产生的影响。
㉖靰羁（jī jī）：马缰绳和马络头。比喻为束缚心志的绳索。
㉗穆：天地空间的广穆。
㉘冥冥：渺远状。
㉙雌蜺（ní）：彩虹的副虹。
㉚雰雰（fēn）：分散状。
㉛冯：通"凭"。
㉜岷（mín）山：即岷山。
㉝磕磕：流水击石声。
㉞无经：与下句"无纪"表示屈原对前途已失去信心，情绪纷乱。
㉟轧：压。在此指随波而进，随世而进。
㊱驰：在此与"轧"反意，指退却。 委移：即"逶迤"。在此意为徘徊不定。
㊲翼：在此形容双臂在急湍中伸展如翼以求平衡。
㊳氾：同"泛"，波浪。 潏潏（jué）：水汩汩涌出的状态。
㊴炎气：南方属火。在此指南方炎热天气。 相仍：连续不断的样子。
㊵烟液：形容炎气上升在空中形成云烟蒸腾的状态。
㊶黄棘：有刺的荆条。 枉策：弯曲的鞭子。
㊷介子：介子推。春秋时晋国公子重耳（即晋文公）的忠臣。重耳逃亡列国时，介子推追随有功。后来重耳返晋作国君，重赏随侍之臣，介子推与其母逃避入绵山。重耳发现后追寻不得，乃放火烧山，介子推竟抱树而死。后乃封绵山为介山。
㊸伯夷：商末孤竹君之子。周武王灭商，伯夷与其弟叔齐逃入首阳山，不食周粟而死。
㊹刻著志：指刻意追求介子推、伯夷等人宁死而不屈志的行为。
㊺来者：指屈原自己。意为愿与伯夷等同。 愁愁（tì）：一作"逖逖"。忧惧的样子。
㊻子胥：伍子胥。吴王夫差的大将，后被吴王所逼而自杀。
㊼申徒：商纣王时直臣，因进谏不纳，乃抱石投河而死。
㊽娃（guà）结：结曲不解的样子。
㊾蹇产：曲折的样子。

悲悼旋风摇落了蕙草之英,中情结冤啊令我伤心。
秋物已了损伤本性,秋声虽小已显出萧瑟之声。

彭咸殉志多么伟大,节操高超令我难忘。
虚情万变不可掩盖,虚伪欺人哪能久长!

鸟兽悲号追寻种群,花香在秋风中灭迹消踪。
鱼鳞重叠排列显示区别,蛟龙潜渊将光彩深隐。
荼荠异性不栽一亩之中,兰芷僻处而独自芳芬。

只有贤哲美如佳人,秉承家德厚养兰芷之心。
心儿远怀上古圣贤,就像爱怜安详的浮云。
先贤的高节令我感动,悄然赋诗将心迹表明。

只有远古的贤人,秉持芳草孤独而自处。
涕泗滂沱久久叹息,孤身隐伏再三思虑。
涕泣并下凄凄伤心,忧思难眠直至黎明。
漫漫秋夜似无穷尽,天亮掩哀仍不自胜。

惊醒而起从容信步,姑且逍遥自慰我心。
伤怀叹息哀怜不已,气息哽咽难掩悲情。

将这悲情织成荷包,把愁苦编成护胸。
折一枝若木遮蔽晨光,身影在晨风中飘忽如云。

往事仿佛再已不见,心儿却似开水般跳动。
手持佩衽抑制悲情,迈步忽忽惆怅而行。

岁月匆匆颜状消逝,衰年冉冉就似将临。
蘋蘅枯槁枝节分离,芳香已息很难并生。

哀怜的愁心不可惩治,要证谗言终不可信。
宁可速死顺水而流,不忍此心常怀愁情。

逐臣孤独吟诗拭泪,放逐而出终生不还!
谁能愁身心不痛,愿效彭咸以广听闻。

登上石峦遥遥远望，归路眇眇心中默默。
如在无影无响之区，难闻乡人思念之情！

情愁郁郁终日不快，居处戚戚如结不解。
心思如羁难以开释，气息三转缠绕而结。

宇宙广穆浩浩无边，天地莽莽广大无沿。
声音相触尚有感应，物品纯洁却难生存。

广远漫漫不可衡量，缥缈绵绵不可挽结。
悄然惆怅啊令我常悲，愁思广漠难以舒心。
登上波峰御风乘浪，寄身先贤彭咸的宫宇。

攀上高山峭绝之岸，犹如处在长虹之巅。
依据青天布展彩虹，似可随时触及苍天。

吮吸清露感觉秋凉，含漱凝霜吐纳纷散。
暂据凤巢聊以休息，忽然惊醒悄然伤心。

靠着昆仑俯看澄雾，倚定岷山细察清江。
奔流急湍叩石相击，惊听波涛气势汹汹。

波涛纷纷不可经营，混然茫茫难以清醒。
汪洋恣肆无所依归，徘徊不定何处可止？

漂流翻动上下沉浮，双臂如翼摇摇摆动。
洄流滚滚前后相续，伴随潮汐涨落之信。

仰观炎气热浪频频，俯窥烟波叠叠层层。
波涛如霜轰然俱下，悚听潮水砰砰作声。

借光景东西往来，黄棘作鞭见证古今。
追求介子的绵山遗迹，曾见伯夷首阳的遗存。

心情翻覆不忍别去，铭心刻肺难适我心。
说：多么怨恨往昔的希冀，悲悼未来怨情难平。

浮江淮之波直达大海,顺从伍子胥而自安其心。
遥望天河之中的沙洲,悲叹申徒光明的心迹。

反复谏君不予听从,抱石自沉又有何益!
心思凝结不可解脱,抑抑郁郁终难冰释。

◎渔 父

无名氏

题解

此辞记于《史记·屈贾列传》等书,古人多以为屈原作,今人郭沫若等以为非屈原作,但属战国时楚人所作。辞中假托渔父与屈原所作对话,表达屈原于死而不肯同流合污的高洁品质。

原文

屈原既放,游于江潭①,行吟泽畔,颜色憔悴,形容枯槁。渔父见而问之曰:"子非三闾大夫欤②?何故至于斯?"屈原曰:"世人皆浊我独清,众人皆醉我独醒,是以见放。"渔父曰:"圣人不凝滞于物,而能与世推移。举世皆浊,何不淈其泥而扬其波③?众人皆醉,何不铺其糟而歠其醨④?何故深思高举,而自令见放为⑤?"屈原曰:"吾闻之,新沐者必弹冠,新浴者必振衣。安能以身之察察⑥,受物之汶汶者乎⑦!宁赴湘流⑧,葬于鱼腹中,安能以皓皓之白,蒙世俗之尘埃乎!"渔父莞尔而笑,鼓枻而去⑨,乃歌曰:"沧浪之水清兮⑩,可以濯我缨;沧浪之水浊兮,可以濯我足。"遂去,不复与言。

注释

① 江潭:《史记》一作"江滨"。据下文"宁赴湘流"一语,此"江潭"一词似指洞庭湖。湘水注入其中。
② 三闾大夫:楚国官名,掌管王族谱牒等事。屈原曾任此职,故世称三闾大夫。
③ 淈(gǔ):搅混。
④ 铺(bù):食。歠(chuò):饮。醨(lǐ):淡酒。
⑤ 为:表示疑问的句尾语气词。
⑥ 察察:清白的样子。
⑦ 汶汶:玷污。
⑧ 湘流:湘水,在湖南境内。在此指屈原所投之汨罗江,位于湖南省东北部,属湘江支流。
⑨ 枻(yì):船舷。
⑩ 沧浪(láng)之水:古水名。汉水的支流。渔父所唱,名《沧浪歌》,又名《孺子歌》,是春秋时即已传唱的歌曲(见《孟子·离娄上》)。

屈原既已被放逐,乃漫游到江潭之边,在大泽畔吟咏而行,面色憔悴,身体枯瘦。有渔父见他而问:"您不是三闾大夫吗?为何落到这种田地?"屈原答道:"世人都浊我独清,众人都醉我独醒,因此被放逐了。"渔父说:"圣人都不拘泥于外物,能随世俗而变。世人都混浊了,您何不搅其泥沙而扬其波澜?众人都喝醉了,您何不吃其酒糟再饮其酒?为什么独自深思清高,自己被放逐呢?"屈原答道:"我听说过,刚洗了头发的人必定弹冠而戴,刚洗了身体的人必定抖动衣服再穿。我怎能让白净之身,遭受脏物之玷污呢?宁可投入湘江之水,葬身鱼腹之中,为何要让如日月之白的情操,蒙受世俗的尘埃呢?"渔父听罢,微微一笑,敲打着船舷而去。于是歌唱道:"沧浪之水清啊,可以洗我的帽缨;沧浪之水浊啊,可以洗我的双脚。"渐渐远去,不再与屈原对话。

◎ 天 问

屈 原

题解

《天问》为屈原被流放后在汉北之时所作,约当于楚怀王二十五年前后(前304年)。传说是屈原彷徨山泽,来到丹阳一带,见到楚先王庙及公卿祠堂,仰观壁上所画天地山川及古代圣贤豪杰等,于是引发疑问,遂写出《天问》这篇不朽的名诗。全篇三百七十馀句,一千五百馀字,以诗歌形式提出一百七十多个问题,涉及天文、地理、神话传说、历史故事等内容,包含了众多的上古历史知识,同时展现出屈原对前人陈说的大胆疑问,可称为上古时代的史诗,也是屈原构思瑰丽的长篇诗歌杰作。

原诗

曰:遂古之初①,谁传道之?
上下未形,何由考之?

冥昭瞢暗②,谁能极之③?
冯翼惟象④,何以识之?

明明暗暗,惟时何为⑤?
阴阳三合⑥,何本何化?

注释

①遂古:远古。遂,通"邃"。
②瞢(méng):模糊。
③极:终极。指追根究底。
④冯(píng)翼:大气盛满的状态。 象:无形之貌。
⑤时:同"是"。这样。
⑥三合:参合。三,同"参"。

诗意

请问:上古初期的情况,是谁传给了后代?
天地未曾形成,凭什么考察出来?

明暗模糊不清，谁能追根究底？
大气混沌弥漫，凭什么得以认识？

昼夜终于分明，这样究竟何为？
阴阳交错相合，哪是本源，何为延续？

圜则九重①，孰营度之②？
惟兹何功③，孰初作之？

斡维焉系④？天极焉加⑤？
八柱何当⑥？东南何亏⑦？

九天之际⑧，安放安属⑨？
隅隈多有⑩，谁知其数？

①圜则九重：九重天是圆的。圜，同"圆"。
②营度：经营度量。
③何功：何等样的伟大功绩。
④斡（wò）维：枢纽和绳索。
⑤天极：天的顶端和边缘。
⑥八柱：古代传说天有八柱。 何当：何在，在何处。
⑦东南何亏：指东南方向为何低下？
⑧九天之际：指天的中央和八方。
⑨属：连。
⑩隅隈（yú wēi）：角落和弯曲处。

圆天有九重之深，是谁设计经营？
想来如此伟功，是谁最初作成？

天的枢纽和绳索系在哪里？天的顶端和边缘加在何处？
八柱怎样安装？东南为何低下？

九天的边际和中央,又是如何放置如何连属?
大地多有角落弯曲,什么人知道其数?

天何所沓①?十二焉分②?
日月安属?列星安陈?

出自汤谷③,次于蒙汜④;
自明及晦⑤,所行几里?

夜光何德⑥,死则又育?
厥利维何⑦,而顾菟在腹⑧?

①沓:会合。指天的盖与地结合。
②十二:十二辰。这里指黄道周天的十二等分。
③汤(yáng)谷:即旸谷。神话中太阳洗浴并升起的地方。
④次:住。 蒙汜(sì):蒙水之滨。蒙水传说为太阳止息之处。
⑤晦:夜晚。
⑥夜光:指月亮。
⑦厥:其,那,指月亮。
⑧顾:照顾,在此引申为蓄养。 菟:同"兔"。指传说中的月中之兔。

天地在何处相会?十二辰怎样等分?
日月怎样挂在天空?众星如何排列安陈?

太阳早晨出自旸谷,晚上止息在蒙水之滨。
从天亮运行到天黑,太阳行走了多少里程?

月光有何德能,每月都能死而复生?
它为了什么利益,又养了玉兔在其腹中?

女歧无合①,夫焉取九子?

伯强何处②？惠气安在③？

何阖而晦？何开而明？
角宿未旦④，曜灵安藏⑤？

①女歧：女神名。传说她无夫，却生有九子。
②伯强：又名"禺强"，风神。
③惠气：祥和之气。
④角宿（xiù）：二十八宿之一，属东方星座，代指东方。
⑤曜（yào）灵：太阳。

女歧没有丈夫，从哪里得到九子？
伯强身在何处？祥和之气从哪里吹拂？

什么门合而天暗？什么门开而天明？
角宿尚未明亮，太阳在何处藏身？

不任汩鸿①，师何以尚之②？
佥曰"何忧"③，何不课而行之④？

鸱龟曳衔⑤，鲧何听焉？
顺欲成功，帝何刑焉⑥？

永遏在羽山⑦，夫何三年不施⑧？
伯禹腹鲧⑨，夫何以变化？

①不任：不能胜任。　汩（gǔ）鸿：治理洪水。鸿，通"洪"，大水。
②师：大众。　尚之：推举他。之，指禹之父鲧。
③佥：众，都。
④课：试。
⑤鸱（chī）龟曳衔：指鸱鸟啄衔，乌龟曳尾而行。
⑥刑焉：指舜帝对鲧施以刑罚。

⑦遏：禁闭。　羽山：神话中传说的山名。
⑧施：释放。
⑨伯禹：即大禹。他担任国君前曾被封为夏伯。　腹鲧：指禹怀在鲧的腹中。相传鲧被杀死在羽山，尸体三年不腐，后来有人切开其腹，乃得禹。

鲧无力治止洪水，众人为何推举他上任？
大家都说无忧，为何不试行而任用？

鸱和龟运走土石，鲧为何听任它们？
顺应欲望将要成功，舜为何要对鲧施刑？

长期被拘禁在羽山，为何多年不被释放？
鲧的腹中孕育伯禹，这是怎样变化而成？

纂就前绪①，遂成考功②。
何续初继业，而厥谋不同③？

洪泉极深，何以填之？
地方九则④，何以坟之⑤？

应龙何画⑥？河海何历⑦？
鲧何所营？禹何所成？

康回冯怒⑧，地何故以东南倾？

①纂就：继续，承续。　绪：馀绪。在此指鲧未竟的事业。
②考：对亡父的尊称。在此指鲧。
③厥：其。在此指禹。
④地方九则：据《尚书·禹贡》记载，禹治水后将全国的土地分为九等，按不同的标准收取赋税。则，标准。
⑤坟：区分。
⑥应龙：神话中有翼的龙。传说大禹治水时，应龙以尾画地，禹按其所画的痕迹导水入海。

⑦历:经行。在此指洪水顺河流入大海的线路。
⑧康回:即共工氏。据《淮南子·天文训》载,共工与颛顼(zhuān xū)争帝位,怒而撞不周山,导致天柱折、地维(绳索)绝(断),导致天倾西北,地不满东南,洪水因而多往东南方流动。

大禹继承先父治水,终于成就他的工程,
为何父子前后相承,他们的谋略却不同?

洪水之源深不可测,禹何以把它填平?
九州方圆画为九等,禹何以将它平分?

应龙如何助禹分水?河海究竟怎样相通?
伯鲧有过怎样的经营?大禹凭什么取得成功?

共工怒撞不周山,大地何故东南倾?

九州安错①?川谷何洿②?
东流不溢③,孰知其故?

东西南北,其修孰多④?
南北顺椭⑤,其衍几何⑥?

昆仑悬圃⑦,其凥安在⑧?
增城九重⑨,其高几里?

四方之门,其谁从焉⑩?
西北辟启⑪,何气通焉?

①错:同"措",设置。
②洿(wū):挖掘。
③东流不溢:据《列子》记载,渤海东有大壑名归墟,百川东流,注入归墟,永不满溢。
④修:长。在此指长度。
⑤南北顺椭:指地面顺着南北形成椭圆状。

⑥衍：衍生，扩大。在此指地面椭圆形状的广大程度。
⑦昆仑：神话传说为西方天帝和众神所居的山。详见《淮南子·地形训》。 悬圃：神话中地名，在昆仑山中层，意为"空中花园"。
⑧尻：一作"㞎"（kāo），尾部（俗话叫屁股）。在此应为"居所"之意。
⑨增城：即"层城"，传说在昆仑山最上层。
⑩其谁从焉：一作"谁其从焉"。意为增城的门是些什么人从其中进出。焉，指示代词，那里，代指门。
⑪辟启：开启，敞开。

九州怎样设置？河溪怎样开通？
东流到海不满不溢，谁知其中原因？

地面的东西南北，究竟哪边更长？
南北形似椭圆，究竟延伸多长？

西极昆仑有仙境县圃，它的尾部又在何处？
县圃之上有增城九重，它的高度又有几里？

昆仑山上四方之门，有谁从此出出进进？
它的西北门是开启的，其中有何气流相通？

日安不到①？烛龙何照②？
羲和之未扬③，若华何光④？

何所冬暖？何所夏寒？
焉有石林？何兽能言？

焉有虬龙⑤？负熊以游？
雄虺九首⑥，倏忽焉在⑦？

何所不死⑧？长人何守⑨？

①安：疑问代词，哪里。
②烛龙：据《山海经·大荒北经》载，烛龙乃是人面蛇身，身长千里，目发巨光，西北有太阳照不到的

地方,它的目光竟将那里照亮了。

③羲和:传说为给太阳驾车的神。扬,指扬鞭启程。
④若华:传说为一种神树,生长在日落之处,每当太阳落在若木树上,若木花就发出光芒照亮大地。
⑤虬(qiú)龙:神话中指一种无角的龙。
⑥虺(huǐ):传说为有九个头的大毒蛇。
⑦倏忽:极快的样子。
⑧不死:指人长生不死。《山海经·海外南经》载:"不死民在其(指交胫国)东,其人为黑色,寿不死。"
⑨长人:传说夏禹的诸侯防风氏身高三丈,负责守卫封嵎。

日光哪里照射不到?烛龙如何把那里照亮?
羲和尚未扬鞭启程,若木花如何会放光?

什么地方冬天温暖?什么地方夏日凉爽?
哪里石树连成林?何处野兽把话讲?

哪里有无角的虬龙?背负着黑熊游四方?
雄虺竟然有九头,在何处倏忽来往?

何处使人长生不老?
何处由巨人防风氏把守?

靡萍九衢①,枲华安居②?
灵蛇吞象③,厥大何如?

黑水玄趾④,三危安在⑤?
延年不死,寿何所止?

鲮鱼何所⑥?魀堆焉处⑦?
羿焉彃日⑧?乌焉解羽⑨?

①靡萍:蔓延的浮萍。 九衢:一说为靡萍分为许多枝杈,一说为九条大道交会之处。据下句"安居"(在哪里生长)判断,似应为后意。
②枲(xǐ):一种麻。

③灵蛇吞象：据《山海经·海内南经》载："巴蛇食象，三岁而出其骨。"
④黑水：神话传说中河流，源自昆仑山，其水可令人长寿不死。　玄趾：染黑脚趾。
⑤三危：传说中山名，在黑水之南。人食三危山之露，可长生不老。
⑥鲮鱼：神话中鱼名，人首而鱼身，生长在西海之中。
⑦鵕(qí)堆：即鵕雀。据《山海经·东山经》载："北号之山……有鸟焉，其状如鸡而白首，鼠足而虎爪，其名曰鵕雀，亦食人。"
⑧羿(yì)：神话传说中的英雄，他曾射落天上十日中的九个，解除大旱之灾。见《淮南子·本训经》。 弹（bì）：射。
⑨乌：指神话传说中太阳里的三足乌。　解羽：羽毛脱落，在此代指鸟亡。

浮萍生长在九衢之地，麻之花又扎根在何处？
一条巴蛇生吞了大象，蛇的身体该有多大？

神秘的黑水染了脚趾，三危山的仙霞又在哪里？
仙露可使人延年不死，人寿活到何时为止？

人面鱼身的鲮鱼在哪里？白首虎爪的鵕雀在何处？
后羿在哪里射下九日？三足乌在哪里脱落毛羽？

　　　禹之力献功①，降省下土四方②；
　　　焉得彼涂山女③，而通之于台桑④？

　　　闵妃匹合⑤，厥身是继⑥；
　　　胡维嗜不同味⑦，而快朝饱⑧？

①献功：指大禹投身治水事业。功，事。
②省(xǐng)：察看。
③涂山女：涂山国之女。传说禹娶了涂山氏之女。
④通：男女私通。　台桑：指桑树林中的空地。
⑤闵：爱怜，一说为忧伤。　妃：配偶。　匹合：婚配。
⑥厥身是继："继厥身"的倒装句。此句意为大禹与涂山氏私下交合，是为了后继有人。
⑦胡：为什么。　维：语气助词。
⑧快朝饱：满足一朝一夕的快乐。据《吕氏春秋》："禹娶涂山氏女，不以私害公，自辛至甲四日，复往治水。"

大禹投身治水事业,深入民间视察灾情。
他从哪里得到涂山氏之女,二人交合于桑田之中?

彼此爱怜匹配结合,也是为了后继有人,
为何嗜好不同的味道,却都愿贪图一时的放纵?

启代益作后①,卒然离孽②。
何启惟忧③,而能拘是达④?

皆归射鞠⑤,而无害厥躬⑥。
何后益作革⑦,而禹播降⑧?

启棘宾商⑨,《九辩》、《九歌》。
何勤子屠母⑩,而死分竟地⑪?

①启:禹的长子。 益:禹的贤臣。 后:国君。据传说,禹临终前传位给益,启杀益夺得王位,建立夏朝。
②卒然:突然。 离孽:遭受灾难。据《史记·夏本纪》载,启即位后,有扈氏不服,启兴兵讨伐,大战于甘。离,通"罹"(lí),遭到。孽:应指有扈氏的叛乱。
③惟忧:遭受忧患。传说益继承帝位后,启曾被益拘禁。后来,启的党徒杀益立启。《战国策·燕策》:"启与支党攻益而夺之天下。"
④拘:指启被益拘禁。 是:结构助词。 达:通。指启被解救出来。
⑤皆归射鞠(jú):指益的军队缴械投降。射,弓箭。鞠,箭囊。
⑥厥躬:指启的身体。厥,那。
⑦作革:变革。指后益被启代替。
⑧播降:播下种子。在此象征启的后代繁盛。
⑨棘宾:陈列。商:五音之一,代指音乐。此句指启在宫中演奏乐曲。一说,"棘"为"屡次"之意,"商"应为"帝",指天帝。"宾"为"嫔"。指启屡次将美女献给天帝,从而得到天上的乐曲《九辩》、《九歌》(见《山海经·大荒西经》)。
⑩勤子屠母:传说涂山氏身怀启,到嵩山下化为石。禹追来大喊:"还我子!"于是石破北方而生启。又据《太平御览》卷82引《帝王世纪》:涂山氏生启时难产,裂开了胸才生出禹。此即所谓"屠母",概启生而其母即死。勤子,贤子,指启。
⑪死分竟地:指涂山氏死后化成石头分散遍地。 竟:委弃。

启取代益作了国君,突然遭到有扈氏反叛。
为何启遭受忧患,却能从拘禁中逃脱?

益的军队归顺投降,不能损害启的秋毫。
为何益的后位转变?为何禹的后代繁盛?

启陈列了宫中之乐,上演了《九辩》和《九歌》。
为何启生而母死?化成石头委弃遍地?

帝降夷羿①,革孽夏民②。
胡射夫河伯③,而妻彼雒嫔④?

冯珧利决⑤,封豨是射⑥。
何献蒸肉之膏⑦,而后帝不若⑧?

浞娶纯狐⑨,眩妻爰谋⑩。
何羿之射革⑪,而交吞揆之⑫?

①帝:天帝。 夷羿:传说为夏代有穷国国君。有穷国属东夷族,故称羿为夷羿。
②革孽夏民:"革夏民孽"的倒装句,即解除夏民的灾难。
③河伯:黄河之神。传说他化为白龙游于水边,被后羿射瞎左眼。
④妻:在此用作动词,指娶雒嫔为妻。雒嫔:即宓(fú)妃,洛水之神。相传是河伯之妻。
⑤冯(píng):挟、拉。 珧(yáo):饰有贝壳的弓。 利:用,在此指套上弓的扳指。 决:同"抉",套在大拇指上钩弦发箭的扳指,多用玉石、骨角等制成。
⑥封豨(xī):大野猪。封,大。 是:结构助词,起提前名词的作用。
⑦献:指向天帝进献。 蒸肉:祭祀用的肉。 膏:肥肉。
⑧不若:不以为然,不喜欢。
⑨浞(zhuó):羿的相寒浞。 纯狐:纯狐氏之女,羿的妃,她与寒浞合谋,杀死了羿,成为寒浞的妻子。
⑩眩妻爰谋:指寒浞利用纯狐迷惑羿,并谋害他。爰,于是。
⑪羿之射革:指羿以善射闻名,可射穿七层牛皮。
⑫吞:吞灭。 揆(kuí):算计。

天帝将后羿降在人间，为的是革除夏民的灾难。
为何羿射了河伯，为何娶了他的妻子宓妃？

拉满弓弦套上扳指，后羿又射杀了大猪。
为何他献上肥美的猪肉，上帝却不以为然？

寒浞娶了纯狐为妻，二人合谋杀死后羿。
为何后羿可射穿七层牛皮，却被二人合谋杀死？

阻穷西征①，岩何越焉？
化为黄熊②，巫何活焉③？

咸播秬黍④，莆雚是营⑤。
何由并投⑥，而鲧疾修盈⑦？

①阻穷西征：指鲧在被放逐到羽山的路上历经艰险。按：羽山在东方，鲧被放逐，应为东征。故"西征"一词如不误，应解作从西而征。
②化为黄熊：传说鲧在羽山死去，其尸体化为黄熊。
③巫何活：巫师如何使他复活。活，在此为使动用法。 焉：疑问句句尾语气词。
④咸播秬（jù）黍：指禹制服洪水，使土地都种上了黑黍，成为良田。
⑤莆雚：蒲草和芦苇类植物。莆，同"蒲"；雚（guàn），同"萑"，芦苇类植物。
⑥并投：指鲧和他的妻子修己一并被放逐到羽山。
⑦鲧疾修盈：指鲧病得厉害，而修己却身体丰盈。

鲧历尽险阻从西而行，如何翻越崇山峻岭？
他的魂化成黄熊，神巫如何使其复活？

淤地里都种上黑黍，就把蒲草芦茅之地经营。
舜帝将他们一并放逐，为何鲧病瘦而修己丰盈？

原诗

白蜺婴茀①，胡为此堂②？
安得夫良药，不能固臧③？

天式从横④，阳离爰死⑤。
大鸟何鸣⑥，夫焉丧厥体⑦？

注释

①蜺（ní）：虹的一种。 婴：缠绕。 茀：曲折缭绕的云。此句似与《列仙传》所述传说一致：崔文子向王子乔学仙，王子乔化成为白茀，给崔文子送药，崔文子惊怪，以戈击中白蜺，仙药落地，地上还有王子乔的尸首。
②堂：似指楚国公卿的祠堂。此句写王子乔送药的故事为何画在祠堂的壁上。
③臧：同"藏"。
④天式从横：意为上天的法式即是阴阳互相消失。从，同"纵"。
⑤阳离爰死：意为阳气离开躯体，人就死亡。
⑥大鸟何鸣：指王子乔之尸，为何化为大鸟而鸣。
⑦焉：怎么，为什么。 厥：那。指王子乔。

诗意

白虹身上缠绕着彩虹，为何崔王的故事画在堂中？
哪里得到这些良药，却又不能牢牢藏稳？

自然规律天下一般，阳气离去就不保命。
尸化的大鸟为何鸣叫？怎会丧失原来躯身？

原诗

蓱号起雨①，何以兴之？
撰体胁鹿②，何以膺之③？

鳌戴山抃④，何以安之？
释舟陵行⑤，何以迁之？

注释

①蓱（píng）：蓱翳，动物名，人称雨师。
②撰体胁鹿：指风神飞廉身体具有鹿那样合胁的特点。撰，具有。胁，身体两侧有胁骨的部分。

③膺：响应。　之：指雨师兴雨。
④鳌：海中大龟。　戴：顶起。　抃（biàn）：拍手。在此指四肢舞动。据《列子·汤问》：东海中有岱舆、员峤、方壶、瀛洲、蓬莱五座仙山，常随波浮动。天帝乃命十五只巨龟举首顶着这五座山，方使其屹立不动。
⑤陵行：在陆地上行走。据《列子·汤问》记载：龙伯国有巨人，来到五座神山那里，一次钓走六只大龟，把它们背回，烧灼其骨。

雨师蓱翳呼号不止，不知凭什么作雨兴云？
风神飞廉具有鹿身，它又如何响应？

巨龟顶着神山舞动，天帝凭什么使其安稳？
钓鳌客弃舟陆行，他凭什么将巨龟搬运？

惟浇在户①，何求于嫂？
何少康逐犬②，而颠陨厥首③？

女歧缝裳④，而馆同爰止⑤。
何颠易厥首⑥，而亲以逢殆⑦？

①惟：发语词。　浇：寒浞之子。相传他力大而残忍，曾到其嫂住的地方，和她淫乱。
②少康：夏代的中兴君主。　逐犬：打猎时放犬追踪猎物。相传少康在打猎时放出猎犬，袭杀浇，恢复了夏朝。
③颠陨：坠下。　厥首：指浇的人头。
④女歧：浇的嫂子。
⑤馆同：同馆。　止：息。指二人同居。
⑥易：换。这里指少康派人要砍浇的头，却错砍了女歧的头。
⑦亲：亲身。指浇。　逢殆：遭殃。

浇来到嫂子的门口，对她提出什么要求？
为何少康放出猎狗，从而咬下浇的人头？

女歧替浇缝制衣裳，二人因此同睡一床。
少康为何错割浇首，浇因纵欲遭祸逢殃？

汤谋易旅①，何以厚之②？
覆舟斟寻③，何道取之④？

桀伐蒙山⑤，何所得焉？
妹嬉何肆，汤何殛焉⑥？

舜闵在家⑦，父何以鳏？
尧不姚告⑧，二女何亲？

①汤：商汤，商朝的建立者。一说"汤"乃"浇"之误，据下文判断，应是。 易旅：变易夏的军旅使其从己。
②厚：厚待。
③覆舟：指浇伐斟寻国，大战于潍，覆其舟，灭之。见《竹书纪年》。 斟寻：夏的诸侯国。据《左传·哀公元年》载：夏君主相失国，依附斟寻、斟灌诸国，浇用兵并灭之。随后，夏相子少康在有娀国的帮助下，重新召集斟寻、斟灌之众，灭浇而复夏。
④道：方法。
⑤桀伐蒙山：夏的末代君主桀攻伐蒙山国，得二美女妹嬉，便不顾朝政，商乘机灭夏。
⑥殛（jí）：诛罚。据《列女传·夏桀末喜传》载：汤灭夏后，桀与末喜（即妹嬉）都被流放到南巢，死在那里。
⑦舜闵在家：传说帝舜三十岁时尚孤独忧愁，不得成家。闵，忧愁；在家，指未成家。
⑧尧不姚告：指帝尧把两个女儿娥皇、女英许给舜，但没有告给舜的家长。姚，帝舜的姓。

浇图谋改变夏众，用何种方法厚待他们？
他在水战中灭亡斟寻，不知用何法取胜？

夏桀把蒙山攻破，得到了什么美人？
妹嬉如何放荡，汤怎么将她灭亡？

舜接近壮年尚未娶妻，其父为何不让他成家？
尧不告知舜的双亲，否则二女怎会与他成婚？

厥萌在初①，何所亿焉②？
璜台十成③，谁所极焉④？

登立为帝⑤，孰道尚之⑥？
女娲有体⑦，孰制匠之⑧？

①厥萌：指事物的萌芽。厥，其。指示代词。
②亿：通"臆"。揣测。这两句实指殷纣的贤臣箕子预见到纣的覆亡。据《韩非子·喻老》等书载：箕子看到纣使用象牙筷时，便推断到他会出现饮玉杯、吃豹胎、穿锦衣、住高台广室的现象。
③璜台十成：指纣造了十层高的璜台（玉台）。成，层。
④极：极致。指极深的腐败程度。
⑤登立为帝：指伏羲称帝。据汉王逸注此句云："伏羲始画八卦，修行道德，万民登以为帝。"则此处的"登立"有使动意义。一说此句指女娲称帝。
⑥道尚：导引和尊奉。道，导引。
⑦体：形体。传说女娲用泥土创造了人。
⑧制匠：制造。

事物流露出端倪，谁能预测其未来？
纣王筑起十层玉台，谁能预知他的灭亡？

伏羲被拥立称帝，是谁拥护他登基？
女娲自己的形体，又是谁来创造？

舜服厥弟①，终然为害②。
何肆犬体③，而厥身不危败④？

吴获迄古⑤，南岳是止⑥；
孰期夫斯，得两男子⑦？

①服：顺服。指舜屈从其父母的压力，对其刁钻的弟弟（名象）事事顺从。

②害：谋害。指舜的双亲和其弟弟一再谋害他。
③肆：放。 犬体：指象的心术如狗一样凶狠。
④厥身不危败：指舜一再被危害，却没有被害死。
⑤吴：上古时代南方诸侯国名。 迄：至于，及，到。 古：指古公亶父的后人。周的祖先，周文王的祖父。这句指吴的祖先来自古公亶父。
⑥南岳是止：指吴的土地疆域建立在南方的山脉之中。是，助词。止，居留。在此指立国。
⑦"孰期夫斯"二句：古公亶父的两个儿子太伯和仲雍为了让位给其弟季历，主动避到南方，不料吴地百姓因此得到两位贤君。见《史记·吴太伯世家》。 孰期：不料。 斯：这样。指太伯和仲雍避位的举动。

舜一味顺从其弟，最终导致被迫害。
象多么像凶犬啊，为什么舜不致危败？

吴人的祖先上及古公亶父，他们的国家就在南方的山中。
谁料到太伯和仲雍的贤举，使其得到两位伟大的国君？

　　　　缘鹄饰玉①，后帝是飨②。
　　　　何承谋夏桀，终以灭丧？

　　　　帝乃降观③，下逢伊挚④。
　　　　何条放致罚⑤，而黎服大说⑥？

①缘：装饰。 鹄（hú）：天鹅。 饰玉：饰了玉的鼎。
②后帝：指商汤。 飨：享用。据《史记·殷本纪》载：伊尹以善于烹调被汤任用为相，辅助汤灭夏。
③降观：指汤下到民间体察民情。
④伊挚：即伊尹。
⑤条：地名，即鸣条。一说在山西运城安邑镇北，一说在河南封丘东。汤在鸣条灭夏后，将桀放逐到南巢。
⑥黎服：当作黎民。 说：通"悦"。

供食之鼎雕鹄饰玉，伊尹将佳肴献给商汤。
他如何受命谋算夏桀，终于导致夏朝覆亡？

商汤出朝体察民情，他在民间相逢伊尹。

如何从鸣条放逐夏桀，黎民百姓都听了欢欣？

简狄在台①，喾何宜②？
玄鸟致贻③，女何喜④？

①简狄：有娀之女，帝喾（kù）之妃。简狄生契（xiè），是商的始祖。　台：传说为有娀氏为简狄和其妹妹修筑的九层高台。
②宜：求偶。
③玄鸟致贻：传说简狄洗浴，有燕子飞过，遗卵在旁，简狄吞而怀孕，遂生契。贻，送。
④喜：怀孕的别称。

简狄和妹妹住在瑶台，帝喾怎样向她求偶？
燕子将蛋赠送给她，简狄吞了为何怀孕？

该秉季德①，厥父是臧②；
胡终弊于有扈③，牧夫牛羊？

干协时舞④，何以怀之⑤？
平胁曼肤⑥，何以肥之⑦？

①该：即亥，殷人远祖，契的六世孙。　秉：承。　季：即冥，亥的父亲，曾做过司空。
②臧：善良。
③弊：害。在此指亥被有扈氏杀害。　有扈：应作有易，古国名。据《山海经·大荒东经》等书记载，亥寄居有易，因淫乱被有易国君主杀害，并夺其牧牛。屈原此二句对亥被杀的原因提出质疑。
④干：盾牌。　协：和谐。　时：是。结构动词。　舞：舞蹈。此句说，亥持盾作优美的舞蹈，引诱有易氏的女子。另一说为：舜时，有苗氏叛乱，舜征之不服，乃罢兵修文德，使人执干羽舞于两阶。十七天后，有苗氏归顺。从上下文看，当以前说为是。
⑤怀：怀春。在此指怀恋，引诱。
⑥平胁曼肤：胸部丰满，皮肤光泽。在此形容有易氏之女。
⑦肥：通"妃"，匹配。

亥继秉承冥的德行,像父亲一样善良。
为何最终死在有扈氏,在那里放牛牧羊?

他在有易执盾而舞,为什么引诱那里的女子?
那女人长得丰乳嫩肤,怎么成为亥的佳配?

有扈牧竖①,云何而逢②?
击床先出③,其命何从④?

恒秉季德⑤,焉得夫朴牛⑥?
何往营班禄⑦,不但还来⑧?

①牧竖:牧人。竖,竖子,对年轻男子的称呼。
②逢:遇到。指牧人见到亥与有扈氏女通奸。
③击床先出:指击杀亥时,他已逃出去了。
④其命何从:指亥的命运依靠什么保障。
⑤恒:亥的弟弟。
⑥焉:怎样。 朴牛:大牛。
⑦营:求。 班禄:君主颁布的爵禄。班,在此为颁布的意思。此句指恒假意在有扈氏钻营,想找回亥的牛羊。
⑧但:疑为"得"。

有扈氏放牧的小子,怎样遇到他们私通?
打击在床亥已逃出,他的命如何保存?

恒也秉承了父德,他如何得到亥的大牛?
为何他前往追求爵禄,不曾再得回首?

昏微遵迹①,有狄不宁②;
何繁鸟萃棘③,负子肆情?

眩弟并淫④，危害厥兄。
何变化以作诈，而后嗣逢长⑤？

①昏微：亥之子上甲微。据《山海经·大荒东经》，上甲微借了河伯的军队攻伐有易，灭之，杀其君绵臣。遵迹：指上甲微的继承祖德。
②有狄：有易。
③繁鸟萃棘：众鸟栖在荆棘上，是不该做的事。比喻上甲微晚年瞒着儿子媳妇放纵情欲。
④眩弟：指上甲微的弟弟也昏乱。 并淫：指上甲微与他的嫂子私通。因此下句说"危害厥兄"。
⑤逢长：兴旺。指上甲微弟弟虽失德，但他的后代却兴旺。

上甲微遵循父祖的踪迹，致使有狄氏不得安宁。
鸟为何栖在荆棘上？上甲微为何背着子媳纵情？

他的弟弟一同淫乱，以致危害了他的长兄。
为何狡诈多端，其后代却能得到繁盛？

成汤东巡①，有莘爰极②。
何乞彼小臣③，而吉妃是得④？

水滨之木，得彼小子⑤；
夫何恶之，媵有莘之妇⑥？

汤出重泉⑦，夫何罪尤？
不胜心伐帝⑧，夫谁使挑之？

①成汤：即商汤。
②有莘：古国名。 爰：助词，才。 极：尽。在此意为"止"。本句指汤东巡到有莘才停止。
③小臣：指伊尹。
④吉妃：好妃子。有莘氏之女。传说汤本来是求得伊尹，但有莘氏不给，于是求娶其女，有莘氏就把伊尹当作陪嫁的奴隶送给商汤。 是：结构助词。
⑤"水滨之木"二句：据《吕氏春秋·本味》载：伊尹之母住在伊水边上，怀孕时梦见神告诉她，如发

现石臼出水,就迅速离开,不要回头看。伊尹的母亲没照神的话做,大水冲来后,整个村庄被淹没,她也变成空桑。后来有莘人从空桑中得到了伊尹。水滨,指伊水之滨。木,伊尹之母化成的空桑。小子,指伊尹。

⑥媵(yìng):陪嫁。

⑦重泉:地名。据《史记·夏本纪》载:夏桀囚汤于夏台。重泉当即夏台所在地。

⑧不胜心伐帝:指汤的部下不能忍受桀的暴戾,推举他起兵伐之。胜,忍受。在此为禁止、控制之意。

商汤往东巡视,到有莘国停止。
为何求得伊尹,却得到有莘氏之女?

传说从水滨的空木里,有莘氏得到了伊尹。
对他有何厌恶,作为陪嫁送给商汤?

汤走出被囚的重泉,他犯了什么罪过?
不能忍耐讨伐国王,那是受了谁的挑唆?

　　　　会朝争盟①,何践吾期②?
　　　　苍鸟群飞③,孰使萃之?

　　　　列击纣躬④,叔旦不嘉⑤。
　　　　何亲揆发⑥,定周之命以咨嗟?

①会朝争盟:传说周武王于二月甲子日在盟津会齐八百诸侯,在殷都附近的牧野打败殷商的军队。朝,指甲子日,也可解作清晨。盟,盟津,即今河南孟津市。也可解作会盟。

②践:履行。　吾期:指周武王与诸侯约定的会盟日期。

③苍鸟:传说当时有成群的苍鹰在战场上飞翔。一说苍鸟乃比喻会盟的军队犹如苍鹰一般勇猛搏击。

④列击纣躬:据《史记·周本纪》载:纣死后,武王以剑击其尸体,用黄钺斩其头颅,悬挂在大旗上。列,分解。一作"到",同"倒",指武王倒戈来击纣的尸首。

⑤叔旦不嘉:指武王的弟弟周公旦不嘉许武王的这种做法。

⑥揆(kuí)发:度量并发动。指周公参与筹谋讨伐纣王。

八百诸侯一朝会齐盟津,他们何以争相前来赴约?
将士如苍鹰勇猛搏击,是谁使其力量聚集?

武王愤而打击纣的尸首，周公看了并不同意，
为何他参与讨纣大计，奠定周朝基业反而叹息？

【原诗】

　　　授殷天下①，其位安施②？
　　　及成乃亡③，其罪伊何④？

　　　争遣伐器⑤，何以行之⑥？
　　　并驱击翼⑦，何以将之？

①授殷天下：指上帝将天下授给殷商。
②位：王位。　施：给予。"施"一作"德"。指殷商有何德政而得到王位。
③及：等到。　乃：竟然。
④伊何：是什么。伊，这，是。
⑤争遣伐器：指诸侯争相派军队讨伐纣。伐器，指军队。
⑥何以行之：如何使诸侯齐心行动。
⑦击翼：指诸侯的军队打击殷军的两翼。

上帝将天下授予殷，是他们施行了什么德政？
及其成功又要灭亡，他的罪过又是什么？

诸侯争相率军伐纣，是谁使其一齐行动？
诸侯齐驱夹击两翼，是谁统帅指挥他们？

【原诗】

　　　昭后成游①，南土爰底②；
　　　厥利惟何③，逢彼白雉④？

　　　穆王巧梅⑤，夫何为周流⑥？
　　　环理天下⑦，夫何索求？

　　　妖夫曳衒，何号于市？

109

周幽谁诛？焉得夫褒姒⑧？

①昭后：指周昭王，周朝第四代君主。 游：大规模出巡。 成：通"盛"。
②南土：南方，指楚国。 底：到。助词。
③厥利惟何：周昭王出巡的目的何在？
④逢：迎。 白雉：白色的野鸡。相传周公摄政时，南方越裳国送来白雉。此句暗示周昭王南巡，恐怕是贪图别国的利益。
⑤穆王：周穆王。周代第五代君主。 巧：精于。 梅（měi）：贪求。
⑥周流：周游。
⑦环理：环行，周游。理，通"履"，行。
⑧"妖夫拽衒"四句：据《史记·周本纪》载：周厉王（周幽王祖父）时，一位宫女碰到龙沫所化的玄鼋（yuán）而怀孕，至宣王（周幽王之父）时生一女，惧而弃之。当时就有童谣曰："山桑的木弓，箕木的箭袋，亡周的祸害。"所以，宣王听到一对夫妇叫卖桑木弓和箕木箭袋，就企图杀掉他们。二人在逃到褒国的路上，捡到那个被弃的女孩，长大后就叫褒姒。后来，幽王讨伐褒国，得到褒姒，迷恋其美色，不理朝政，正当犬戎入侵，周朝暂时灭亡。妖夫拽衒，就是指上述夫妇拿着弓和箭袋在街上走。

周昭王盛装南巡，直达南方的楚国而止。
其中原因为了什么？难道为迎取越裳国的白雉？

周穆王巧于贪利，为何将天下周游？
环行了东西南北，他将什么宝物索求？

有妖人在街上叫卖，他们在市上兜售什么？
周幽王是谁诛杀的？他又从哪里得到褒姒？

天命反侧①，何罚何佑？
齐桓九会②，卒然身杀③？

①反侧：反复无常。
②齐桓九会：指春秋五霸之首齐桓公任用管仲为相，曾经九次召集诸侯会盟，发号施令。
③卒然身杀：指齐桓公在晚年信任奸臣易牙、竖刁、堂巫、开方，造成内乱，最终被困在宫中饿死。

天命真是反复无常，凭何保佑凭何惩罚？

齐桓公九次会盟诸侯,为何竟被奸臣谋杀?

> 彼王纣之躬,孰使乱惑?
> 何恶辅弼①,谗谄是服②?
>
> 比干何逆③,而抑沈之④?
> 雷开何顺⑤,而赐封之?
>
> 何圣人之一德⑥,卒其异方⑦?
> 梅伯受醢⑧,箕子佯狂⑨。

①辅弼:辅佐。
②谗谄:指进谗言的奸臣。 服:任用。
③比干:纣王的叔父。因为极力向纣王进谏,被剖腹剜心。
④抑沈:压制。
⑤雷开:纣王的佞臣。
⑥圣人:指纣王的贤臣梅伯、箕子等。 一德:品德相同。
⑦异方:不同的方法和途径。
⑧梅伯:纣王的诸侯。因进忠言被纣王杀死。 醢(hǎi):剁成肉酱的刑法。
⑨箕子:纣王的叔父。他向纣王进谏而不被采纳,就假装疯病,做别人的奴隶。

纣王那个暴君啊,是谁使他惑乱?
为何厌恶贤臣,反而将奸臣喜欢?

比干对他有何违逆,竟遭到剖腹剜心?
雷开对他如何阿谀,竟受到丰厚赐封?

为何圣人德行相似,最终结局却大不相同?
梅伯进谏被剁成肉酱,箕子避祸佯狂装疯。

> 稷维元子①,帝何竺之②?
> 投之于冰上,鸟何燠之③?

何冯弓挟矢④，殊能将之⑤？
既惊帝切激⑥，何逢长之⑦？

注释

①稷：后稷。 维：是。 元子：长子。神话传说，帝喾之妃姜嫄因踩着巨人脚印而怀孕。孩子出生后以为不祥，将他弃在小巷，则有牛羊喂养他；把他丢弃在森林，则有伐木人救了他；把他弃在寒冰上，则有大鸟翼护他。于是家人又收养他，取名叫弃。后人说他就是周的始祖。
②帝：帝喾。 竺：通"毒"，厌恶。
③燠（yù）：温暖。
④冯弓：拉满弓。冯，通"凭"，满。 挟矢：拿着箭。
⑤将之：指善于统帅军队。
⑥惊帝：指后稷属异常怀孕而生，使其父帝喾惊吓不已。 切激：激烈。
⑦逢长：指稷的后代昌盛而长久。

诗意

后稷乃是帝喾的长子，其父为何憎恶他？
将他弃在寒冰之上，鸟为何以翼将其护持？

他为何会拉弓射箭，天生就会统帅军队？
既然使帝喾惊骇，为何他的后人昌盛不衰？

原诗

伯昌号衰①，秉鞭作牧②。
何令彻彼岐社③，命有殷国④？

迁藏就岐⑤，何能依？
殷有惑妇⑥，何所讥⑦？

受赐兹醢，西伯上告⑧。
何亲就上帝罚，殷之命以不救？

师望在肆，昌何识？
鼓刀扬声，后何喜？

①伯昌：西伯昌，即周文王。　号衰：在殷商衰微之际发号施令。
②秉鞭作牧：指周文王作了众诸侯的领袖。鞭，比喻权柄。牧，指管理百姓的地方长官。
③彻：撤。　岐社：指周在岐山故地建的祭祀土地的神。周朝建立后，周武王令撤去旧庙，另建太社。
④命有殷国：命运之中代替殷商。
⑤藏：库藏，财产。　就：到。周的祖先古公亶父为避免与戎狄部族侵扰，就携家人财产迁居岐山，原居地（今陕西彬县）的百姓随他迁居。
⑥惑妇：指纣王的宠妃妲己。
⑦讥：进谏。
⑧"受赐兹醢"二句：纣王受把用梅伯制的肉酱赐给西伯，西伯因此向天控告。

西伯昌在衰世号令，统率诸侯掌握权柄。
是谁使其拆去岐社，占有殷商秉承天命？

古公亶父迁居岐山，众百姓为何要跟从？
殷纣身边豢养荡妇，众忠臣又如何谏进？

西伯昌接受梅伯的肉汤，他上告天帝控诉罪行。
纣王因此受天帝惩罚，殷商从此难延命运。

姜太公在屠市之时，西伯昌何以识其才能？
姜太公鼓刀而歌时，西伯昌何以大喜？

武发杀殷①，何所悒②？
载尸集战③，何所急？

伯林雉经④，维其何故？
何感天抑地⑤，夫谁畏惧？

皇天集命⑥，惟何戒之⑦？
受礼天下⑧，又使至代之⑨？

①武发：周武王姬发。 殷：指殷纣王。
②恚（yì）：愤恨。
③尸集战：《史记·周本纪》载，周文王死后，武王用车载着文王的灵牌（尸）与殷会战，表示秉承文王遗志，讨伐殷纣王。
④伯林雉经：对此句历来有多种说法。从上下诗意连贯的意思判断，此句当指纣王死在商朝鹿台附近的柏树林。此句与上句"武发杀殷"相呼应。伯林，当为"柏林"之误。雉经，缢死。
⑤感天抑地：感天动地。指武王"载尸集战"之事感动天地。
⑥集命：降赐天命给某姓。让其统治天下。
⑦戒：警戒。
⑧受礼天下：受命治理天下。礼，通"理"，治理。
⑨至：至于。

武王讨杀纣王，为何那样义愤？
载着文王的灵牌会战，为何那样心急如焚？

纣王在柏林中自杀，那是什么原因？
伐纣多么感动天地啊，那么有何畏惧担心？

皇天既然赐天命给殷，该对殷有何戒警？
既然殷受命治理天下，为何又让位给周人？

原 文

初汤臣挚①，后兹承辅②；
何卒官汤③，尊食宗绪④？

勋阖梦生⑤，少离散亡⑥；
何壮武厉⑦，能流厥严⑧？

①汤：商汤。 挚：商汤的臣伊尹。
②后兹：此后。 承辅：承担起辅佐大臣的重任。
③卒：最终。 官汤：在汤那里做官。
④尊食宗绪：死后被尊敬地供在商王朝的宗庙，配享商族后裔的祭祀。宗绪，王族的后嗣。
⑤勋阖梦生：指功勋卓著的阖庐是寿梦的孙儿。阖，春秋时吴王阖庐。春秋时霸主之一。梦，寿梦，

阖庐的祖父。生,同"姓",孙子。
⑥离:同"罹",遭遇。 散亡:流离失散。
⑦武厉:勇武。
⑧流:流传。 厥严:指吴王祖先庄严威武的事状。

当初伊尹只是汤的小臣,后来竟做到商的宰相。
为何死在商的官位上,最后在宗庙里配享?

阖庐是寿梦的后人,他在少年时离散流亡。
为何壮年时反而勇武,能够承传其祖先的庄严事状?

　　彭铿斟雉①,帝何飨?
　　受寿永多②,夫何久长?

①彭铿:彭祖,名铿。 斟雉:烹调野鸡。传说彭祖善烹调。
②受寿永多:传说彭咸寿命长达八百岁。

彭祖烹调了野鸡汤,上帝为何乐于品尝?
赐给他寿命八百岁,为何能活得如此久长?

　　中央共牧①,后何怒②?
　　蜂蛾微命③,力何固④?

①中央共(gōng)牧:指共伯和在周王朝执政。《史记·周本纪》引《鲁连子》:"共伯名和,好行仁义,诸侯贤之。周厉王无道,国人作难,王奔于彘,诸侯奉和以行天子事。"中央,指周王朝。牧,治理。在此指摄政。
②后:帝。在此指周厉王。据史载,周厉王死,共伯和欲篡立,恰逢大旱、火灾,向太阳占卜,卦兆说厉王作祟。故周公、召公立厉王的太子为王,是为宣王。
③蜂蛾:泛指小昆虫。在此比喻反抗周厉王的老百姓。 微命:微贱的生命。
④固:顽强。

共伯和在周室执政,周厉王为何降难?
百姓微贱犹如蜂蛾,聚集的力量何其伟大?

惊女采薇,鹿何佑①?
北至回水,萃何喜②?

①"惊女采薇"二句:据《古史考》等载,商臣伯夷、叔齐不满周武王伐纣,坚持不食周粟,乃隐居在首阳山,靠采薇(一种野菜)为生。有一位女子看到后说:"你们义不食周粟,这薇也是周的草啊!"二人听了,乃绝食七天。天帝就派白鹿用乳喂养他们,但他们还是饥饿而死。

②"北至回水"二句:指伯夷、叔齐往北走到首阳山山曲环绕的流水边,二人相聚,因而高兴。

二圣惊异女子的话而绝食,上帝派遣白鹿喂养他们。
当初他们北行至首阳山曲回水,兄弟死在一起有何高兴?

兄有噬犬①,弟何欲②?
易之以百两③,卒无禄④?

①兄:指春秋时秦景公。 噬(shì)犬:善于咬人的猛狗。
②弟:指秦景公的弟弟铖。
③易:换。 两:通"辆"。
④卒:终于,最终。 无禄:失掉爵禄。据汉代王逸注说:铖想以百两金(当作百辆车)交换秦景公的猛犬,景公不答应。后来逃到晋国,丧失爵禄。

秦景公拥有猛犬,他的弟弟为何想要占据?
当初愿出百辆车交换,为何最终丢去了爵禄?

薄暮雷电①,归何忧②?

厥严不奉③,帝何求?

①薄暮:傍晚。
②归何忧:汉代王逸《楚辞章句》注:"屈原书壁所问略讫,日暮欲去,时天大雨雷电,思念复至,自解曰归何忧乎?"就是说回去又有何忧愁呢?
③厥严不奉:指楚国君的威严不能保持。奉,尊奉,保持。

黄昏时电闪雷鸣,离开宗庙有何愁情?
楚君不再保持威严,祈求上帝还有何用?

伏匿穴处①,爰何云②?
荆勋作师③,夫何长④?
悟过改更,我又何言?

①伏匿:隐藏。 穴处:住在山洞里。
②爰:这样,或对此。 云:说。
③荆勋作师:指楚王好功名,兴师作战,反而多次战败受辱。荆,楚国的别名。勋,功勋。作师,兴兵。
④何长:指楚的国运还有多长呢?

我伏匿隐居在山洞,对国事有何可言?
楚国好名兴兵作战,怎能延长它的命运?
假如悔悟过错更弦改张,我又有何言论?

吴光争国,久余是胜①。
何环穿自闾社丘陵,爰出子文②?

吾告堵敖以不长③,
何试上自予④,忠名弥彰⑤?

①"吴光争国"二句：指吴国公子光（即阖庐）与我们楚国战争，为何总是取胜？是，结构助词，起提前宾语作用。

②"何环穿"二句：一本作："何环闾穿社，以及丘陵，是淫是荡，出子文？"这二句的基本意思是：子文的父亲斗伯比环绕穿越闾社丘陵，和郧女私通，行为淫荡，怎能生出有才干的子女？闾社，古代二十五家为闾，也叫社。爰，乃，竟。子文，楚成王的贤相。

③堵敖：楚成王兄，在位五年，被成王篡弑。

④试上自予：指楚成王弑君而篡位。试，应为"弑"，臣杀君、子杀父曰弑。

⑤忠名弥彰：指成王虽杀了自己的亲兄而篡位，但他的忠直之名反而更加显著。弥，更加。据《史记·楚世家》，楚成王杀兄自立，乃向周天子进献礼物，得到天子的礼遇。

吴国公子光与我国战争，长久以来总是吴国取胜。
斗伯比穿街绕巷行为放荡，为何竟生出了文这样的贤相？

我说堵敖的君位不长，
为何他的弟弟弑兄自立，反而忠直之名更加昭彰？

◎九 辩

宋 玉

题解 宋玉，生卒年不明。战国时楚国人，曾事楚顷襄王。《史记·屈原贾生列传》说他和唐勒、景差"皆好辞而以赋见称，然皆祖屈原之从容辞令，终莫敢直谏"，故后人多认为宋玉是屈原的弟子。他的作品流传至今的只有《九辩》一篇可信。其他诸如《招魂》、《风赋》、《高唐赋》、《登徒子好色赋》等皆传为宋玉之作，但争议甚多。虽然如此，宋玉以其《九辩》一篇，足可称为楚辞作家中仅次于屈原的大家。全篇共二百五十五句，一千五百多字，后人按其意旨，分为八至十一章，而一般采用宋代朱熹《楚辞集注》的分法，断为九章。并称宋玉作《九辩》，是"闵（悯）其师（屈原）忠而被放逐"，诗中多因愁感兴，主要是抒发作者政治上不得意的愤懑情怀。其特点是以因秋感兴的方式借以抒情，章法自由变化，语言优美。鲁迅先生评《九辩》："虽驰神逞想不如《离骚》，而凄怨之情，实为独绝。"可为确评。

原诗

一

悲哉，秋之为气也！
萧瑟兮，草木摇落而变衰。
憭栗兮，若在远行①，
登山临水兮，送将归。

泬寥兮，天高而气清②；
寂寥兮，收潦而水清③。
憯凄增欷兮，薄寒之中人④；
怆怳懭悢兮，去故而就新⑤；
坎廪兮，贫士失职而志不平⑥；
廓落兮，羁旅而无友生⑦；
惆怅兮，而私自怜。

燕翩翩其辞归兮，蝉寂寞而无声。
雁噰噰而南游兮⑧，鹍鸡啁哳而悲鸣⑨。
独申旦而不寐兮⑩，哀蟋蟀之宵征⑪。
时亹亹而过中兮⑫，蹇淹留而无成⑬。

①憭（liáo）栗：凄凉自伤的情景。
②泬寥（xuè liáo）：空旷的样子。
③寂漻（liáo）：静穆的样子。 收潦：夏过秋来，雨水减少，积水流入河道中。
④憯（cǎn）凄：悲痛的样子。 欷（xī）：涕泣的样子。 薄寒：接近天寒。 中（zhòng）：击中。在此指冷侵袭之意。
⑤怆恍懭悢（chuàng huǎng kuàng lǎng）：失意惆怅的样子。
⑥坎廪（lǐn）：坎坷不平。喻遭受祸患。
⑦廓落：孤独寂寞。 羁旅：流落在他乡。
⑧噰噰（yōng）：鸟和谐的鸣叫声。
⑨鹍鸡：古代指一种形似鹤的鸡，羽毛白黄色。 啁（zhāo）哳：鸟鸣声。
⑩申旦：通宵达旦。
⑪宵征：夜间行进。在此指蟋蟀在夜间鸣叫。
⑫亹亹（wěi）：行进不止的样子。
⑬蹇（jiǎn）：楚方言中的发语词。 淹留：久久停留。

悲凄啊，秋气袭人秋风劲吹！
萧瑟啊，草木尽枯黄叶飘坠。
凄切啊，你要远行而去，
登山临水啊，送君回归。

寥廓啊，天高而气爽；
静穆啊，潦退而水清。
凄惨增泣啊，初寒袭人；
悲切失意啊，去故就新；
历经坎坷啊，贫士去职心难平静；
寂寞孤零啊，作客他乡少友朋；
凄愁失意啊，暗自辛酸怜此生。

燕子翩翩已南归，蝉儿寂寞已无声。
大雁和鸣齐南飞，鹍鸡啾啾同作悲音。

孤独不眠到天明,可怜蟋蟀夜哀鸣。
时光匆匆已半生,久留他乡老无成。

二

悲忧穷戚兮独处廊①,有美一人兮心不绎②。
去乡离家兮徕远客③,超逍遥兮今焉薄④?

专思君兮不可化⑤,君不知兮可奈何?
蓄怨兮积思,心烦憺兮忘食事⑥。
愿一见兮道余意,君之心兮与余异。
车既驾兮揭而归⑦,不得见兮心伤悲。

倚结轸兮长太息⑧,涕潺湲兮下沾轼⑨。
忼慨绝兮不得⑩,中瞀乱兮迷惑⑪。
私自怜兮何极?心怦怦兮谅直⑫。

①戚:一作"蹙",与"穷"相合,表迫促之意。
②有美一人:作者自喻。 绎:借作"怿",喜悦,高兴。
③徕:同"来"。
④薄:止,到。
⑤君:指楚王。
⑥憺(dàn):忧心烦乱。
⑦揭(qiè):离去。指宋玉所送之人。
⑧结轸(líng):关好的车栏。
⑨潺湲(chán yuán):泪流不止的样子。 轼:设在车厢前供人凭倚的横木。倚轼而视乃是古代对人尊敬的礼节。
⑩忼慨:同"慷慨",激愤不平的样子。
⑪瞀(mào):昏乱迷惑的状态。
⑫谅直:光明正直的样子。这一节写送别友人,引起对楚王的思念,表其不变的忠心。

悲忧穷蹙处空廓,有美人啊心烦愁。
离乡背井做谪客,遥遥漂泊无尽头。

专意思君情不移，君不知道可奈何？
积蓄悲怨久思念，心中烦乱忘饭餐。
愿您见君表我意，君王之心与我异。
车已驾好即将回，再难见您令我悲。

倚定车栏长叹息，涕泪不止下沾轼。
激愤不平难决绝，心中烦乱惑本性。
独自哀怜无绝期？中心亮直动怦怦。

三

皇天平分四时兮，窃独悲此凛秋①。
白露既下百草兮，奄离披此梧楸②。
去白日之昭昭兮，袭长夜之悠悠③。
离芳蔼之方壮兮④，余萎约而悲愁⑤。

秋既先戒以白露兮，冬又申之以严霜。
收恢台之孟夏兮⑥，然欿傺而沈藏⑦。
叶菸邑而无色兮⑧，枝烦挐而交横⑨。
颜淫溢而将罢兮⑩，柯仿佛而萎黄⑪。
萷櫹椮之可哀兮⑫，形销铄而瘀伤⑬。
惟其纷糅而将落兮，恨其失时而无当⑭。

揽骓辔而下节兮⑮，聊逍遥以相佯⑯。
岁忽忽而遒尽兮⑰，恐余寿之弗将⑱。
悼余生之不时兮，逢此世之俇攘⑲。
澹容与而独倚兮，蟋蟀鸣此西堂。
心怵惕而震荡兮⑳，何所忧之多方？
卬明月而太息兮㉑，步列星而极明。

①窃：暗自。
②奄：忽然。　离披：分散下披的样子。

③袭：承袭，接续。
④蔼(ǎi)：植物繁盛阴浓的状态。
⑤萎约：指植物之叶凋落干枯。
⑥恢台：广大繁盛的样子。
⑦歘傺(kǎn chì)：停止。在此指秋天来后，万物逐渐凋落。　沈藏：隐藏。指万物因寒而枯黄。
⑧菸(yū)邑：枯萎。
⑨烦挐(rú)：纷乱。
⑩淫溢：过极而衰。指植物已过繁盛期。　罢(pí)：通"疲"。在此指植物凋零。
⑪仿佛：隐约模糊的样子。在此指植物的枝干色泽黯然。
⑫萷(xiāo)：形容树木花叶落尽，只剩枝干。　槮(xiāo sēn)：同"萧森"，萧条的样子。
⑬销铄(shuò)：金属销蚀。在此指植物枝干衰败。　瘀(yū)伤：身体表面血败受伤。在此喻植物枝干衰迹斑斑。
⑭无当：没有遭逢好的机遇。
⑮騑辔(fēi pèi)：拉马的缰绳。騑，古代由四马驾车，两侧的马叫騑，也叫骖。　节：马鞭。
⑯相佯：同"徜徉"，徘徊。
⑰遒(qiú)：迫近。
⑱将：长。
⑲恇(kuāng)攘：纷扰不安。
⑳怵惕：恐惧而惊觉。
㉑卬：同"仰"。这一节感叹梧桐、楸树一类高贵的树木，在秋寒突来时纷纷凋落，比喻自己生不逢时。因而停车住鞭，在星空下漫步消愁。

　　皇天将一年分为四季，暗自悲叹这凛凛寒秋。
　　白露下降侵袭百草，一时间凋零了梧楸。
　　明亮的太阳从西落下，继之以长夜漫漫悠悠。
　　夏日的绿草不再繁盛，枯叶飘飘令我悲愁。

　　秋来时已用白露警示，初冬又加上冷峻的严霜。
　　收起孟夏的浓阴肥绿，枝枯无叶在深冬潜藏。
　　树叶失去动人的光泽，树干纷纷然纵横交错。
　　绿色褪尽树叶疲落，黯迹斑斑干枯萎黄。
　　树梢萧森令人悲哀，树身斑驳有似瘀伤。
　　想到梧楸纷纷飘落，哀叹它们生时不当。

　　收住缰绳停下马鞭，聊且在此徘徊倘佯。
　　一岁匆匆已将逝去，我的寿命恐难延长。

悲悼此生不逢佳时，遭遇时势纷纷攘攘。
淡泊从容高傲独立，唯闻蟋蟀鸣叫西堂。
内心惊惧魂魄震荡，为何忧惧悲愁万方？
仰望明月浩叹不息，星夜独步极星明亮。

四

窃悲夫蕙华之曾敷兮①，纷旖旎乎都房②。
何曾华之无实兮③，从风雨而飞飏？
以为君独服此蕙兮，羌无以异于众芳。

闵奇思之不通兮④，将去君而高翔。
心闵怜之惨凄兮，愿一见而有明。
重无怨而生离兮⑤，中结轸而增伤⑥。

岂不郁陶而思君兮⑦？君之门以九重。
猛犬狺狺而迎吠兮⑧，关梁闭而不通⑨。

皇天淫溢而秋霖兮，后土何时而得漧⑩？
块独守此无泽兮⑪，仰浮云而永叹⑫。

①敷：花开放。
②旖旎（yǐ nǐ）：茂盛的样子。 都房：美丽的花房。都，美丽。
③曾华：累累的花朵。曾，通"层"。
④闵：通"悯"，痛惜。
⑤重（zhòng）：深念，念念不忘。
⑥结轸：悲情郁结而沉痛不已。
⑦郁陶：忧思郁结在心。
⑧狺狺（yín）：狗叫声。
⑨关梁：城门和入城之桥。在此喻王宫深而难入。
⑩后土：在此代指楚王所在地。 漧：同"乾"，"干"的繁体字。
⑪块：块然，孤独的样子。 无泽：指不被秋雨淋湿之地，喻无世俗尘杂的净土。
⑫浮云：比喻遮蔽君王视听的逸佞之臣。这一节表达作者既愿回见楚王又不想涉足尘世繁杂的复杂心情。

暗自悲叹蕙花层层开放，多么繁盛啊美丽的花房！
为何累累花朵不结果实，跟从风雨上下飞扬？
以为您独可佩此花朵，意想不到竟无异于群芳。

痛惜奇思妙想既难献上，有心远离君王高高飞翔。
中情悲悯而又凄凉，愿见君王一表衷肠。
深念无怨生生离别，中心郁结倍增忧伤。

岂不深深思念君王？君王之门九重之深。
门外猛犬狂叫狺狺，门闭桥阻道路不通。

上天降雨霏霏不绝，后土何时得以重干？
但愿独守一片净土，浮云蔽日令我仰叹。

五

何时俗之工巧兮，背绳墨而改错①？
却骐骥而不乘兮，策驽骀而取路②。
当世岂无骐骥兮，诚莫之能善御。
见执辔者非其人兮，故局跳而远去③。
凫雁皆唼夫梁藻兮④，凤愈飘翔而高举。

圜凿而方枘兮，吾固知其龃龉而难入⑤。
众鸟皆有所登栖兮，凤独徨徨而无所集⑥。

愿衔枚而无言兮⑦，尝被君之渥洽⑧。
太公九十乃显荣兮⑨，诚未遇其匹合⑩。

谓骐骥兮安归？谓凤凰兮安栖？
变古易俗兮世衰，今之相者兮举肥⑪。

骐骥伏匿而不见兮，凤凰高飞而不下。
鸟兽犹知怀德兮，何云贤士之不处⑫？

骥不骤进而求服兮⑬，凤亦不贪喂而妄食。
君弃远而不察兮，虽愿忠其焉得？

欲寂漠而绝端兮⑭，窃不敢忘初之厚德。
独悲秋其伤人兮，冯郁郁其何极⑮！

①绳墨：木工画线用的墨斗和墨线，在此比喻规矩、法度。 错：通"措"，在此指正常的措施。
②驽骀（nú tái）：劣马。在此与骐骥（良马）相对，分别比喻庸人和贤士。
③局（jú）：跳跃。
④凫（fú）：野鸡。 唼（shà）：水鸟一类动物吞食东西。
⑤鉏铻：同"龃龉"，互不吻合。
⑥集：鸟栖止。
⑦衔枚：古代夜行军时，军士口衔枚（类似筷子状的木条）以防出声。在此指闭口不语。
⑧渥洽：浸润。比喻恩情深厚。
⑨太公：指姜太公，即姜尚。据说他年龄很高时，在渭水之滨遇上周文王，从此仕途显荣。
⑩匹合：遇合无间。比喻君臣相合。
⑪举肥：指相马的人专拣肥马给主人看，比喻当权者只看表面美观，不见实质，致使屈、宋等人被疏远。
⑫不处：指不在朝中任职。
⑬求服：指主动要求驾车。服，驾车。
⑭绝端：断绝思念君王的头绪。
⑮冯：通"凭"，愤懑。 极：终极。这一节写世道昏暗，作者被弃，欲忠君而不得，抒发生不逢时的感叹。

时俗何其善于取巧，竟然不惜改弦更张。
抛弃良马不用驾车，驱赶劣马慢行路上。
当世难道没有良马？实是没人善于驾驭。
良马见御者不合己意，故而跳跃奔腾远去。
凫雁只吞食了梁藻，凤凰更高飞而远举。

圆孔里要接纳方柄，我本知不合而难以插入。
众鸟都有高枝巢居，凤凰却惶惶无栖处。

本愿从此闭口而不语,又想到曾受君王恩遇。
太公九十岁方才显荣,实在是未曾遇到明主。

要说良马归向何处?要说凤凰往哪里安栖?
变古风易时俗世道衰极,当今的相马者只识马肥。

良马伏处而不显,凤凰不下而高飞。
鸟兽都明白怀念旧德,为何说贤士不愿尽忠朝里?
良马不愿主动请求驾车,凤凰也不因喂食而贪吃。
君王不加详察抛弃他们,贤臣虽愿效忠哪里可得?

心想静思断绝思君之绪,委实不敢忘却君王厚德。
独悲秋天秋气伤人,愤懑郁结如何终极!

六

霜露惨凄而交下兮,心尚幸其弗济①。
霰雪雰糅其增加兮②,乃知遭命之将至,
愿徼幸而有待兮,泊莽莽与野草同死。

愿自直而径往兮,路壅绝而不通。
欲循道而平驱兮,又未知其所从。
然中路而迷惑兮,自压按而学诵③。
性愚陋以褊浅兮④,信未达乎从容⑤。
窃慕申包胥之气盛兮⑥,恐时世之不同。

何时俗之工巧兮,灭规矩而改凿。
独耿介而不随兮,愿慕先圣之遗教。
处浊世而显荣兮,非余心之所乐。
与其无义而有名兮,宁穷处而守高。

食不媮而为饱兮⑦,衣不苟而为温。

窃慕诗人之遗风兮⑧，愿托志乎素餐。
蹇充倔而无端兮⑨，泊莽莽而无垠。
无衣裘以御冬兮，恐溘死不得见乎阳春⑩。

①济：成功。
②雰(fēn)：雪花纷飞的样子。
③按：克制。　学诵：学着吟诵诗（即《诗经》）。
④褊浅：见识狭小。
⑤从容：指通过诵诗而克制内心的不平。
⑥申包胥之气盛：公元前506年冬，伍子胥率吴兵破楚，楚大夫申包胥逃到秦国请求救兵，他在秦庭前大哭七日七夜，滴水不进，感动秦哀公出兵，使楚昭王复国。"气盛"即指其哭秦庭之事。
⑦媮：同"偷"，苟且之意。
⑧诗人：指《诗·魏风·伐檀》的作者。其诗曰："彼君子兮，不素餐兮。"表示对饱食终日的官吏（君子）的憎恨、轻蔑之情。
⑨充倔：同"裧裋"(chōng jué)，没有贴边的短衣。在此指衣衫简朴。
⑩溘(kè)死：突然而死。这一节写作者受到排挤，穷处他乡，虽愿径直向楚王诉冤，却又担心时势已变；虽愿自守清高，却又担心此冬即困顿而死。

霜雪交下顿生惨凄，内心侥幸尚有生机。
霰雪纷纷下得更急，才知今冬困顿将至。
满怀希望再图等待，与莽莽野草同生共死。

曾愿等待向君王诉冤，可恨道路堵塞不通。
愿循大道远离而去，又不知从今何去何从。
走到半路心中迷惑，自己克制作诗吟诵。
本性愚陋见识狭小，确实未达自信从容。
暗叹申包胥勇气可嘉，只恐时世已然不同。

人情世俗多么工巧，消灭规矩改走邪道。
独我耿直不肯随俗，只愿追慕先圣遗教。
独处浊世身名显赫，这本非我心中所乐。
与其不义而占有名分，宁可穷处而坚守节操。

食不可苟且求饱，穿衣不可苟且求暖。
私慕诗人高尚的遗风，愿一心只吃素餐。
穿衣简朴而无缘，居处莽莽而无边。

过冬没有皮裘，恐怕速死而不见春天。

七

靓杪秋之遥夜兮①，心缭悷而有哀②。
春秋逴逴而日高兮③，然惆怅而自悲。
四时递来而卒岁兮，阴阳不可与俪偕。

白日晼晚其将入兮④，明月销铄而减毁⑤。
岁忽忽而遒尽兮⑥，老冉冉而愈弛。
心摇悦而日幸兮，然怊怅而无冀⑦。
中憯恻之凄怆兮⑧，长太息而增欷。

年洋洋以日往兮，老嵺廓而无处⑨。
事亹亹而觊进兮⑩，蹇淹留而踌躇⑪。

①靓：通"静"。 杪（miǎo）：末尾。
②缭悷（lì）：缠绕着悲忧之情。
③逴逴（chuō）：远。在此指时间长。
④晼（wǎn）晚：太阳偏西。
⑤销铄（shuò）：金属腐蚀。在此指月亮亏缺。
⑥遒（qiú）：迫近。
⑦怊（chāo）怅：同"惆怅"，失意的样子。
⑧憯（cǎn）恻：惨痛的样子。
⑨嵺（liáo）廓：同"寥廓"，空旷的样子。
⑩亹亹（wěi）：行进不止的样子。 觊（jì）：企图。
⑪淹留：久留。这一节写深秋之夜感慨年岁日高，心存希望而无路进取。

深秋之夜遥遥漫长，心中烦忧交杂哀伤。
年岁悠悠日渐增高，反觉惆怅终身凄凉。
四季交替一年已毕，寒暑不可相伴时光。

太阳偏西即将入山，明月残缺光芒弱小。

岁月匆匆迫近年终，身心孱弱渐次衰老。
悦心摇摇希幸见君，犹豫惆怅毫无希冀。
内心惨恻痛极凄怆，仰天叹息长垂涕泣。

年岁绵绵日渐消逝，衰老孤独无以自处。
万事变化希望进取，羁留谪处心中踌躇。

八

何泛滥之浮云兮①，猋壅蔽此明月②。
忠昭昭而愿见兮，然霠曀而莫达③。

愿皓日之显行兮④，云蒙蒙而蔽之。
窃不自料而愿忠兮，或黕点而污之⑤。

尧舜之抗行兮⑥，瞭冥冥而薄天⑦。
何险巇之嫉妒兮⑧，被以不慈之伪名⑨？

彼日月之照明兮，尚黭黮而有瑕⑩。
何况一国之事兮，亦多端而胶加⑪。

被荷裯之晏晏兮⑫，然潢洋而不可带⑬。
既骄美而伐武兮⑭，负左右之耿介⑮。

憎愠惀之修美兮⑯，好夫人之慷慨⑰。
众踥蹀而日进兮⑱，美超远而逾迈⑲。
农夫辍耕而容与兮，恐田野之芜秽。

事绵绵而多私兮，窃悼后之危败。
世雷同而炫曜兮，何毁誉之昧昧！

今修饰而窥镜兮,后尚可以窜藏㉑。
愿寄言夫流星兮,羌倏忽而难当㉑。
卒壅蔽此浮云兮㉒,下暗漠而无光㉓。

①浮云:比喻楚王身边陷害忠良的逸臣。
②猋(biāo):狗飞奔状。在此形容浮云翻飞。
③霠曀(yīn yì):云蔽日月而阴暗的样子。
④皓日:在此比喻楚王。
⑤黕(dǎn)点:玷污。
⑥抗行:高尚行为。抗,通"亢",高尚。
⑦冥冥:高远的样子。在此指望得远。 薄:接近。
⑧险巇(xī):艰险。在此引申为奸险。
⑨不慈:父亲不爱子女。传说曾有人指责尧舜不传位给其子是不慈。
⑩黯黮(àn dàn):阴暗。
⑪胶加:同"交加",错乱纷绕的样子。
⑫荷裯(dāo):荷衣,短衣。 晏晏:鲜艳的样子。
⑬潢洋:宽广的样子。
⑭伐武:炫耀其武功。
⑮左右:指楚王身边的侍臣。
⑯愠惀(wěn lún):忠直而不善言词的样子。 夫人:那些人。指小人奸臣之类。
⑰慷慨:在此指假意奉承。
⑱蹀蹀(qiè dié):小步急走。表示谨慎,在此引申为小人竞相钻营。
⑲美:比喻真正的君子。 超远:疏远。
⑳窜藏:躲避危险。
㉑当:遭遇。
㉒壅蔽:遮蔽,在此指被浮云遮蔽。
㉓暗漠:昏暗而无光。这一节表述作者与楚王之间被逸臣遮蔽,使君不得明察,臣不得进言。

蔽天的浮云多么纷乱,乱云飞翻将明月遮掩。
我忠贞无瑕愿见君王,乌云漫漫难以递传。

但愿太阳当空照耀,白云遮蔽朦朦胧胧。
不顾安危自愿效忠,逸人玷污肆意围攻。

尧舜之行正大光明,遥遥相望直薄天云。

如此奸险兴心嫉妒，使其蒙受不慈之名。

太阳月亮光芒四射，尚有黯黯斑驳之阴。
何况一国事体甚大，头绪多端杂乱纷纷。

身披荷衣多么鲜艳，宽衣大袖不可束带。
君王骄美肆意夸耀，辜负近臣耿介之概。

憎恨忠臣内心修美，却好奸人佯作慷慨。
众人急进争名夺利，有德之臣疏远超迈。
农夫停锄逍遥自在，又恐田野杂草为害。

事理纷扰多含私意，暗自悲悼国家危败。
世人附和纷纷炫耀，毁誉混杂不辨好坏。

修饰容貌窥镜自照，危险来临尚可躲藏。
情愿寄言上天流星，流星倏忽我命当亡。
浮云终于蔽满天空，天下淡淡昏暗无光。

原诗

九

尧舜皆有所举任兮①，故高枕而自适。
谅无怨于天下兮②，心焉取此怵惕？
乘骐骥之浏浏兮③，驭安用夫强策？
谅城郭之不足恃兮，虽重介之何益？

遭翼翼而无终兮④，忳惛惛而愁约⑤。
生天地之若过兮，功不成而无效。

愿沉滞而不见兮，尚欲布名乎天下。
然潢洋而不遇兮，直怐愁以自苦⑥。

莽洋洋而无极兮，忽翱翱之焉薄？
国有骥而不知乘兮，焉皇皇而更索⑦？

宁戚讴于车下兮⑧,桓公闻而知之。
无伯乐之善相兮,今谁使乎誉之⑨?
罔流涕以聊虑兮,惟著意而得之。
纷忳忳之愿忠兮⑩,妒被离而鄣之⑪。

愿赐不肖之躯而别离兮,放游志乎云中。
乘精气之抟抟兮⑫,骛诸神之湛湛⑬。
骖白霓之习习兮⑭,历群灵之丰丰⑮。

左朱雀之茇茇兮⑯,右苍龙之躣躣⑰。
属雷师之阗阗兮⑱,通飞廉之衙衙⑲。

前轻辌之锵锵兮⑳,后辎乘之从从㉑。
载云旗之委蛇兮,扈屯骑之容容㉒。

计专专之不可化兮㉓,愿遂推而为臧㉔。
赖皇天之厚德兮,还及君之无恙。

①举任:选拔任用。在此指尧举用舜,舜举用禹。
②谅:确实。
③浏浏:畅行无阻的样子。
④邅(zhān):转。在此指徘徊不定。
⑤忳(tún):忧郁苦闷。 悁悁:心情烦乱。
⑥怐愗(kòu mào):愚昧的样子。
⑦皇皇:通"遑遑",急匆匆的样子。
⑧宁戚:春秋时卫国人。相传他做商贩时到了齐国,住在东门外,有一夜,他外出喂牛,并唱着歌,表达怀才不遇之情。正好齐桓公外出,听到他的歌,就与他同车而归,任他为卿。
⑨誉:一作"訾"(zī),估量的意思。
⑩忳忳:在此为"诚挚"之意。
⑪被离:同"披离",众多纷乱之状。 鄣:遮蔽。

⑫抟抟：精气聚集的意思。
⑬骛(wù)：追求。　湛湛(zhàn)：精诚。
⑭习习：飞动的样子。
⑮丰丰：众多的样子。
⑯朱雀：星座名，为南方七星的总称。　菶菶(běi)：翩翩飞翔的样子。
⑰苍龙：星座名。古代对东方七星的总称。　躣躣(qú)：行走的样子。
⑱㘙㘙(tián)：本指鼓声。在此形容雷声。
⑲飞廉：风神。　衙衙(yú)：列队行进的样子。
⑳轻辌(liáng)：轻便的卧车。　锵锵(qiāng)：车铃声。
㉑从从：车行进的声音。
㉒扈(hù)：随从人员。　容容：飞扬的样子。
㉓计：犹言"志"。
㉔遂：终于。　推：推广。　臧：善。这一节以丰富的想象表示要别离楚国，另建功业，但仍表现出依依不舍的情怀，显示其忠君之心。

尧舜都善选贤能继任，故得以高枕无忧。
在天下不曾危害百姓，哪里用担心发愁？

乘着骏马周游列国，驾驭良马何必使用粗鞭？
城郭坚固未必可靠，甲厚铠坚又有何益？

徘徊游荡毫无目的，忧愁苦闷穷困无极。
人生天地犹如过客，功名不成终是无益。

既愿沉埋隐居不显，又想美名天下流传。
心事浩茫不遇明君，愚昧自苦却是为何？

泽薮莽莽广大无边，鸟飞匆匆何处栖止？
国有良马不用驾车，何用遑遑另外索取？

宁戚夜半车下讴歌，桓公闻歌用为上卿。
没有伯乐善于相马，虽为良马谁又荐之？
不用流涕无聊自虑，只想专意追究而得之。
一心诚挚愿效忠心，谗人嫉妒纷起阻之。

愿君赐我永远别离，放任游荡太空之中，
乘着日月团团精气，追求诸神专心志诚。

驾上白霓匆匆飞动,众神历历纷纷纭纭。

左有朱雀执旗飘飘,右有苍龙奔走匆匆。
雷师相随兴雷轰轰,风神导引在前行进。

前有轻车铃声锵锵,后有重车轰轰隆隆。
车上云旗迎风涌动,两旁护从团聚纷纷。

忠君之志专诚不变,但愿最终广大善行。
仰赖皇天广布厚德,保佑我王无恙安平。

◎ 附 录

《楚辞》名言警句

△日月忽其不淹兮，春与秋其代序。惟草木之零落兮，恐美人之迟暮。（第001页）
△长太息以掩涕兮，哀民生之多艰！（第006页）
△鸷鸟之不群兮，自前世而固然。何方圜之能周兮，夫孰异道而相安？（第006页）
△高余冠之岌岌兮，长余佩之陆离。（第008页）
△民生各有所乐兮，余独好修以为常。虽体解吾犹未变兮，岂余心之可惩！（第008页）
△皇天无私阿兮，览民德焉错辅。夫维圣哲以茂行兮，苟得用此下土。（第010页）
△夫孰非义而可用兮，孰非善而可服？（第010页）
△不量凿而正枘兮，固前修以菹醢。（第010页）
△路曼曼其修远兮，吾将上下而求索。（第013页）
△世溷浊而嫉贤兮，好蔽美而称恶。（第016页）
△怀朕情而不发兮，余焉能忍而与此终古！（第016页）
△及年岁之未晏兮，时亦犹其未央。恐鹈鴂之先鸣兮，使夫百草为之不芳。（第020页）
△何昔日之芳草兮，今直为此萧艾也！岂其有他故兮，莫好修之害也。（第020页）
△何离心之可同兮，吾将远逝以自疏。（第021页）

————以上《离骚》

△横流涕兮潺湲，隐思君兮陫侧。（第028页）

————以上《湘君》

△嫋嫋兮秋风，洞庭波兮木叶下。（第030页）
△沅有茝兮醴有兰，思公子兮未敢言。（第031页）

————以上《湘夫人》

△结桂枝兮延伫，羌愈思兮愁人。（第034页）
△愁人兮奈何，愿若今兮无亏。（第034页）

————以上《大司命》

△秋兰兮蘼芜，罗生兮堂下；绿叶兮素华，芳菲菲兮袭予。（第035页）
△秋兰兮青青，绿叶兮紫茎；满堂兮美人，忽独与余兮目成。（第035页）
△悲莫悲兮生别离，乐莫乐兮新相知。（第035页）

△望美人兮未来，临风怳兮浩歌。（第035页）

——以上《少司命》

△长太息兮将上，心低回兮顾怀。（第037页）
△青云衣兮白霓裳，举长矢兮射天狼。（第037页）
△操余弧兮反沦降，援北斗兮酌桂浆。（第037页）

——以上《东君》

△登昆仑兮四望，心飞扬兮浩荡。日将暮兮怅忘归，惟极浦兮寤怀。（第039页）
△子交手兮东行，送美人兮南浦。波滔滔兮来迎，鱼邻邻兮媵予。（第039页）

——以上《河伯》

△既含睇兮又宜笑，子慕余兮善窈窕。（第040页）
△怨公子兮怅忘归，君思我兮不得闲。（第040页）
△风飒飒兮木萧萧，思公子兮徒离忧。（第041页）

——以上《山鬼》

△诚既勇兮又以武，终刚强兮不可凌。身既死兮神以灵，魂魄毅兮为鬼雄！（第042页）

——以上《国殇》

△春兰兮秋菊，长无绝兮终古！（第043页）

——以上《礼魂》

△嗟尔幼志，有以异兮。独立不迁，岂不可喜兮？（第045页）
△苏世独立，横而不流兮。（第045页）
△秉德无私，参天地兮。（第045页）

——以上《橘颂》

△九折臂而成医兮，吾至今乃知其信然。（第048页）

——以上《惜诵》

△余幼好此奇服兮，年既老而不衰。带长铗之陆离兮，冠切云以崔嵬。（第052页）
△世溷浊而莫余知兮，吾方高驰而不顾。（第052页）
△吾与天地兮比寿，与日月兮齐光。（第052页）
△苟余心其端直兮，虽僻远之何伤！（第053页）
△霰雪纷其无垠兮，云霏霏而承宇。（第053页）
△哀吾生之无乐兮，幽独处乎山中。吾不能变心以从俗兮，固将愁苦而终穷。（第053页）
△忠不必用兮，贤不必以。（第053页）

——以上《涉江》

△心婵媛而伤怀兮，眇不知其所蹠。顺风波以从流兮，焉洋洋而为客。（第056页）

△心絓结而不解兮，思蹇产而不释。（第056页）
△哀州土之平乐兮，悲江介之遗风。（第057页）
△心不怡之长久兮，忧与愁其相接。（第057页）
△曼余目以流观兮，冀壹反之何时？鸟飞反故乡兮，狐死必首丘。（第058页）

——以上《哀郢》

△善不由外来兮，名不可以虚作。孰无施而有报兮，孰不实而有获？（第070页）
△望孟夏之短夜兮，何晦明之若岁？惟郢路之辽远兮，魂一夕而九逝！（第070页）

——以上《抽思》

△刓方以为圜兮，常度未替。易初本迪兮，君子所鄙。（第074页）
△玄文处幽兮，矇瞍谓之不章。离娄微睇兮，瞽以为无明。（第074页）
△变白以为黑兮，倒上以为下。凤皇在笯兮，鸡鹜翔舞。（第074页）
△怀瑾握瑜兮，穷不知所示。（第075页）
△邑犬群吠兮，吠所怪也。非俊疑杰兮，固庸态也。（第075页）
△重仁袭义兮，谨厚以为丰。（第075页）
△惩违改忿兮，抑心而自强。（第075页）

——以上《怀沙》

△物有微而陨性兮，声有隐而先倡。（第079页）
△万变其情岂可盖兮，孰虚伪之可长！（第079页）
△惟佳人之独怀兮，折芳椒以自处。（第079页）
△岁曶曶其若颓兮，时亦冉冉而将至。（第079页）
△声有隐而相感兮，物有纯而不可为。（第080页）

——以上《悲回风》

△新沐者必弹冠，新浴者必振衣。（第086页）
△沧浪之水清兮，可以濯我缨；沧浪之水浊兮，可以濯我足。（第086页）

——以上《渔父》

△悲哉，秋之为气也！萧瑟兮，草木摇落而变衰。（第119页）
△骥不骤进而求服兮，凤亦不贪喂而妄食。（第126页）
△与其无义而有名兮，宁穷处而守高。（第127页）
△食不媮而为饱兮，衣不苟而为温。（第127页）
△彼日月之照明兮，尚黯黮而有瑕。（第130页）
△乘骐骥之浏浏兮，驭安用夫强策？谅城郭之不足恃兮，虽重介之何益？（第132页）
△愿沉滞而不见兮，尚欲布名乎天下。（第132页）

——以上《九辩》

《楚辞》主要版本

汉·王逸《楚辞章句》
　　中华书局1957年版。
宋·朱熹《楚辞集注》
　　人民文学出版社1953年版。
宋·朱熹《景元刊本楚辞》（线装本，四册）
　　江苏人民出版社1962年版。
宋·洪兴祖《楚辞补注》
　　中华书局1957年版。
清·王夫之《楚辞通释》
　　中华书局上海编辑所1959年版。
清·蒋骥《山带阁注楚辞》
　　中华书局上海编辑所1958年版。
今人·陈子展《楚辞直解》
今人·郭沫若《屈原赋今译》
今人·陆侃如《楚辞选》
　　中华书局上海编辑所1962年版。

《楚辞》主要研究著作

楚辞通释
　　清·王夫之释，上海中华书局1959年版。
山带阁注楚辞
　　清·蒋骥撰，古典文学出版社1958年版。
屈骚指掌
　　清·胡文英注，北京古籍出版社1979年版。
陈本礼离骚精义原稿留真（线装本）
　　清·东本礼撰，陶秋英、姜亮夫校，上海出版公司1955年影印出版。
屈原赋校注
　　姜亮夫校注，人民文学出版社1957年版。

屈赋定本（附屈赋释词）
　　刘永济编著，上海古籍出版社1983年版。
屈原赋选
　　刘逸生主编，广东人民出版社1984年版。
屈赋新编
　　谭介甫著，中华书局1978年版。
楚辞选
　　马茂元选注，人民文学出版社1958年版。
楚辞解故
　　朱季海撰，中华书局上海编辑所1963年版。
楚辞书目五种
　　姜亮夫编著，中华书局上海编辑所1961年版。
楚辞通故
　　姜亮夫著，云南人民出版社2000年版。
楚文化与楚辞
　　褚斌杰著，1991年国家八五科研课题。
离骚纂义
　　游国恩主编，金开诚补辑，中华书局1981年版。
楚辞研究论文集
　　作家出版社1957年版。
楚辞选
　　陆侃如、高亨、黄孝绰选注，古典文学出版社1957年版。
屈原赋今译
　　郭沫若译，人民文学出版社1953年版。
楚辞新注
　　聂石樵注，上海古籍出版社1980年版。
楚辞选注及考证
　　胡念贻选注，岳麓书社1984年版。
屈原赋证辨
　　沈祖棻著，中华书局1960年版。
离骚解故
　　闻一多著，三联书店1981年版。

图书在版编目（CIP）数据

楚辞 / 陈苏彬译注 . —2 版 . —太原：三晋出版社，2008.4（2024.5 重印）

（中国家庭基本藏书·诸子百家卷）

ISBN 978 – 7 – 80598 – 914 – 3 – 01

Ⅰ . 楚… Ⅱ . 陈… Ⅲ .①古典诗歌—中国—战国时代②楚辞—注释③楚辞—译文 Ⅳ . I 222.3

中国版本图书馆 CIP 数据核字（2008）第 051802 号

楚　辞

译 注 者：	陈苏彬		
责任编辑：	朱　屹	审 订 者：	张继红
封面设计：	敬人工作室	版式设计：	敬人工作室
责任校对：	朱　屹	责任印制：	李佳音

出版发行	山西出版集团·三晋出版社
地　　址	太原市建设南路 21 号
电　　话	（0351）4956036（咨询）　　4922268（邮购）
传　　真	（0351）4922102
网　　址	www.sxskcb.com
邮　　编	030012

印刷装订　山西新华印业有限公司

（本书如有破损、缺页、装订错误，请与本社联系调换）

开　　本：	787mm×960mm　　1/16
字　　数：	180 千字
印　　张：	10
版　　次：	2008 年 4 月第 2 版
印　　次：	2024 年 5 月第 2 次印刷
书　　号：	ISBN 978 – 7 – 80598 – 914 – 3 – 01
定　　价：	40.00 元

版权所有，翻印必究。本书图文未经书面授权，不得以任何方式转载或公开发表。